LE LIVRE DE LIANE

AGATHE LEMAITRE

LE LIVRE DE LIANE

ROMAN

HarperCollins
TRAVERSÉE

HARPERCOLLINS FRANCE
83-85, boulevard Vincent-Auriol, 75646 PARIS CEDEX 13
Tél. : 01 42 16 63 63

www.harpercollins.fr
ISBN 979-1-0339-1369-6 — ISSN 2724-9972

Ce livre a été écrit à quatre mains. L'une des autrices est vivante, l'autre est décédée. La première a subi des violences, l'autre a eu le cœur brisé. Pour les deux, le chemin vers le bonheur a été chaotique. L'une a su le retrouver, l'autre a échoué. Les deux narratrices sont des sœurs. Ce roman est inspiré d'une histoire vraie.

I

APNÉE

Louise

Nous sommes le 1er mai 2018.

À minuit, j'aurai vingt-cinq ans. Pourtant, c'est une soirée comme les autres. Vers 23 heures, nous nous mettons au lit, et James s'endort aussitôt.

Je vis à Singapour, loin de ma famille. Il me tarde de l'avoir au téléphone. En attendant, j'observe les lumières de la ville. Les lasers de l'hôtel Marina Bay illuminent le ciel.

Notre quotidien en Asie est doux et facile, nous avons de la chance. Notre studio n'est pas grand, mais nous avons des amis, une jolie piscine, et il fait beau chaque jour. Le week-end, nous allons bronzer sur les plages de Sentosa. Parfois, nous voyageons en Malaisie.

James et moi venons de célébrer nos fiançailles, et l'été à venir s'annonce plein de promesses.

Du coin de l'œil, je surveille mon portable… J'ai hâte de savoir qui me souhaitera mon anniversaire en premier.

Minuit. L'écran jette une lumière bleutée dans l'obscurité. Un message de mon père : « Louise chérie, rappelle-moi. » Je secoue la tête en souriant : mon père qui m'écrit le premier ! Je n'aurais pas parié là-dessus. Je fais durer le plaisir. « Mmm… J'allais dormir, là, c'est important ? » La réponse est immédiate. « C'est sérieux, là, appelle ! » Quelque chose frémit au creux de ma poitrine. Je pose les pieds hors du lit, j'allume ma lampe de chevet et je m'éclipse vers le salon. Déjà, l'écran se rallume : « Allez, appelle-moi. »

Je viens de vivre le dernier moment d'insouciance de toute ma vie.

À partir de là, tout s'enchaîne. Je déverrouille l'iPhone qui, presque instantanément, se met à sonner. En décrochant, je suis déstabilisée par la voix grave de mon père. Je n'entends que les deux premières phrases :

— Louise, c'est papa… Ta sœur Liane vient de se suicider.

Ma vue se brouille, c'est le chaos dans mon cerveau. Je ne comprends rien à ce qu'il se passe. À l'autre bout, je distingue des cris, des bruits de sirène. Je dis à mon père :

— Emmène-la à l'hôpital !

Il me répond à peine. Je sens à sa voix qu'il est complètement impuissant, et moi je ne veux pas me résigner.

Le téléphone se remet à vibrer : ce sont les messages d'anniversaire qui arrivent. Dans le combiné, la voix parle encore. Je ne perçois plus qu'un long bourdonnement.

Lentement, je lève les yeux.

Face à moi, James murmure :

— Tout va bien ?

Je secoue la tête.

— Non… Je crois… Il a dit…

Je reprends ma respiration. D'un souffle, je balbutie :

— Je ne sais pas… Il dit que c'est fini. Il dit que ma sœur s'est suicidée.

Un court instant, nos regards se percutent. Et puis le son revient. Une voix s'agite : elle vient du téléphone. Je m'entends demander :

— Je ne comprends pas, c'est pas possible ! Tu es sûr, papa ? As-tu vu Liane par toi-même ?

James a les larmes aux yeux. Paniquée, je hurle :

— Mais enfin, papa, garde espoir ! Ce n'est peut-être pas perdu !

— Ma chérie… je suis sur place, on est arrivés trop tard.

— Tu n'en sais rien ! Emmène-la à l'hôpital. S'il te plaît, dépêche-toi !

Mes jambes sont de coton, mais mes pieds pèsent des tonnes. Je suis loin, si loin de la France. Dix mille kilomètres me séparent de mon pays.

Dans le haut-parleur, la voix a pris un ton résigné. Elle répète en boucle :

— Le corps va être emmené par les pompiers. C'est terminé, elle est partie. Je suis désolé.

Ensuite, c'est flou. Je crois que James m'attire à lui et je reste dans ses bras un moment.

Il me semble que ça s'est déroulé ainsi, mais je n'en suis pas certaine. Ce qui est sûr en revanche, c'est que James finit par demander :

— Louise… que veux-tu faire ?

— Je ne sais pas… Je ne comprends pas…

Progressivement, mes idées se font plus claires. Singapour est à seize heures de vol de la France. Et c'est là-bas que je dois me rendre. Déjà, je n'entends plus mon père, qui parle toujours dans le combiné. Son intonation est étrange, presque déformée. Comme s'il s'adressait à lui-même.

Sans prévenir, je coupe la communication. Un court instant, le temps se fige, le silence envahit tout. Et puis soudain quelqu'un crie. Je crois que c'est moi. Un cri bestial, qui jaillit de mon ventre. Un cri de rage, de souffrance, d'impuissance. Le téléphone se fracasse sur le sol du studio. Plus de SMS, plus de coups de fil, plus d'anniversaire.

Document

Attestation reçue par la famille deux semaines plus tard.

République Française

SERVICE DEPARTEMENTAL
D'INCENDIE et de SECOURS
De la HAUTE-GARONNE

Groupement Opération

ATTESTATION

- **Affaire suivie par** [redacted]
- **Numéro de dossier :** [redacted]

Les Sapeurs-Pompiers du Centre d'Intervention et de Secours de **Toulouse - Lougnon** sont intervenus :

Le [redacted] **à 13H12**

- **Commune de TOULOUSE**
- **Numéro d'intervention :** [redacted]
- **Lieu :** [redacted]
- **Nature** : personne ne répondant pas aux appels,
- **Dégâts** : 1 vitre.

Attestation établie **à la demande de Monsieur** [redacted], demeurant à [redacted] de [redacted], pour servir et valoir ce que de droit.

Celle-ci ne saurait en aucun cas engager la responsabilité du Service Départemental d'Incendie et de Secours de la Haute-Garonne vis-à-vis des tiers quant à l'origine de l'intervention ainsi qu'aux conséquences.

Fait à [redacted], le 31 mai 20[redacted].

Le Directeur Opérationnel,

[redacted]

[redacted]

Louise

Mon corps est recroquevillé sur le carrelage de la cuisine, les bras autour des jambes, la tête relevée. James s'est agenouillé à ma hauteur.

J'affirme d'une voix claire :

— On rentre en France. Réserve nos billets d'avion.

Mon fiancé ne se formalise pas de ce ton autoritaire. Il ne demande pas qui va les payer, ces billets. Il s'abstient même de mentionner qu'il est déjà minuit passé, et qu'à Singapour aucun vol pour Paris ne décolle à une heure si tardive. De fait, James semble surtout soulagé de me voir me relever. Il attrape son ordinateur, et les cliquetis du clavier envahissent le studio.

Liane[1]

Témoignage manuscrit retrouvé près du corps par les pompiers.

« Juste avant de le faire, j'ai pleuré, aussi. À un moment, je me suis sentie mal, stressée, angoissée plutôt, je me suis crispée et j'avais peur. À un autre moment, je me suis sentie légère. »

1. Dans les chapitres 1 à 6, les textes de Liane sont des documents authentiques, à l'exception des prénoms et des dates qui ont été modifiés. (*Toutes les notes sont de l'autrice.*)

> J'ai pleuré, aussi. A un moment, je me suis sentie mal, stressée, angoissée plutôt, je me suis crispée et j'avais peur. A un autre moment, je me suis sentie légère,

Louise

J'attrape un sac sous le lit, pendant que James s'occupe de nos réservations. Je vide son contenu par terre et j'y fourre tout ce que je trouve : une serviette de bain, un chargeur de portable, la moitié de mes livres de poésie.

— Ma puce, on va prendre le prochain vol, à 7 heures du matin. On part bientôt à l'aéroport.

— …

— Louise… tu as fini ta valise ?

Je reste plantée au milieu du studio, mon chargeur à la main. Il me semble que James tente de me soutenir, de faire preuve d'empathie. Il me parle longtemps, je crois. Je ne sais plus.

Mon autre sœur, Sophie, appelle. Je décroche par automatisme. Elle pleure, elle crie… J'essaie de la rassurer. Au bout d'un moment, c'est elle qui me promet qu'on se retrouvera vite.

Lorsque j'arrive à destination, mon bagage ouvert à mes pieds ne contient ni vêtements ni même la moindre brosse à dents.

Liane

Lettre de candidature écrite par Liane. Elle a été retrouvée par son père, Claude Martin, le mardi suivant. Certains éléments ont été repris pour préparer le faire-part de décès.

Madame, Monsieur,

Je m'appelle Liane Martin, j'ai 21 ans. Je suis actuellement en licence de chimie. Au terme de mes études, je souhaite exercer la profession d'ingénieure de police scientifique, préférablement dans le secteur de la toxicologie.

Découverte lors d'un travail de recherche effectué au lycée (TPE), la science forensique m'a immédiatement séduite. Ce milieu rassemble toutes les caractéristiques qui me tiennent à cœur : les sciences, l'esprit de recherche, et la volonté d'aider les autres.

Cette année, j'ai lu plusieurs livres de la collection « Sciences forensiques ». L'un d'eux, *Traces de souliers* (A. Girod) m'a captivée, car j'ai pu y découvrir une facette du métier qui est rarement décrite dans les autres publications. [...]

Tolérante et à l'écoute des autres, l'aspect humain inhérent au métier me correspond parfaitement, de même que la créativité nécessaire à cette profession. J'ai développé ces qualités via ma pratique du patinage artistique. Grâce à ce sport, j'ai également intégré des valeurs de persévérance, de travail, et d'adaptation.

J'ai choisi le programme de l'ESC Lausanne (Suisse) car il développe une vision « non morcelée » de la science forensique. Venir étudier à Lausanne sera pour moi l'occasion rêvée de compléter ma formation, jusqu'alors axée sur la chimie.

Côté loisirs, j'ai pour projet de participer aux ateliers d'écriture proposés par l'UNIL, car l'une de mes passions est l'écriture.

En vous remerciant de l'attention que vous porterez à ma candidature.

Liane Martin

Louise

Ceux qui ont déjà pris un long-courrier le savent : après seize heures d'avion, on ne distingue plus vraiment le jour de la nuit.

James et moi dormons à moitié. Hébétés, ballottés par les turbulences, nous n'avons plus la force de nous plaindre. Il doit être 20 heures lorsque les roues de l'appareil heurtent le sol. Le soir tombe sur Toulouse.

La sortie de l'aérogare à peine franchie, j'aperçois trois silhouettes courbées. Les yeux rouges, une même expression hagarde sur le visage. Ma famille.

Je serre d'abord ma mère dans les bras, puis mon père, et enfin Sophie. Et à nouveau ma mère : je me blottis contre elle, longtemps. J'ai immensément besoin de son réconfort en cet instant. Sa chaleur, son odeur familière m'apaisent. Après un temps, l'étreinte devient générale. Nous ne sommes plus qu'un enchevêtrement de bras et de têtes. Nous échangeons peu de mots, des exclamations qui fusent et qui n'ont pas vraiment de sens, mais que tous comprennent.

— Ce n'est pas possible ! C'est pas vrai, mais qu'est-ce qu'il s'est passé ?

L'espace d'une seconde, les voyageurs autour de nous n'existent plus.

James, resté en retrait, finit par s'avancer. Il salue mon père, puis chacun tente de se reprendre, et l'on se dirige vers le parking. Comme en pilotage automatique, le petit groupe embarque, s'attache. Mon père démarre, marque une longue pause pour insérer le ticket de sortie. Et enfin, la Laguna bleue s'élance sur l'autoroute.

Dans la nuit, les paysages défilent. Par la vitre, on ne distingue plus que des traînées de lumière qui lacèrent l'obscurité, tout est flouté par la vitesse. La campagne, les routes se succèdent, mais je ne reconnais rien. Je me concentre pour respirer et pose le regard sur un point fixe de l'habitacle.

Depuis le siège arrière, je finis par demander :

— Mais alors… qu'est-ce qu'il s'est passé ?

Mon père avale sa salive, puis commence :

— D'abord, ta sœur a enroulé une corde autour de son poignet…

L'image de Liane me submerge : elle est seule dans son appartement, elle attrape des cordes, je vois le danger arriver… Instinctivement, je me replie sur mon siège.

Les voix de ma mère et de Sophie parviennent à mes oreilles :

— Ah non ! Pitié ! On ne veut pas entendre ces horreurs à nouveau.

Mon père se tait. Son regard se perd vers l'horizon, comme s'il m'avait oubliée.

— Si c'est important pour toi, Louise, je te le dirai plus tard, conclut-il finalement.

Plus personne n'ose troubler le silence. Adossée à mon siège, j'écoute le ronronnement régulier du moteur. Les lampadaires éclairent la chaussée par intermittence. Une douce chaleur semble envahir notre véhicule. À un moment, papa déclare :

— Pour ce soir, maman et Sophie dormiront à l'hôtel. Louise et James iront chez moi. Demain matin, on se retrouvera tous chez mamie. Ça vous va ?

Chacun acquiesce. Depuis le divorce il y a trois ans, notre tribu se scinde souvent en deux, c'est devenu normal.

La voiture quitte l'autoroute et s'engage sur la nationale. Ma petite sœur occupe mes pensées. Je ne comprends pas pourquoi elle est partie sans me dire au revoir… Nous étions proches, pourtant. Liane et moi sommes nées in vitro d'embryons jumeaux. Nos naissances, en revanche, ont été programmées à des moments différents.

Alors malgré nos quatre ans d'écart nos visages se ressemblent, nous avons souvent les mêmes idées, faisons les mêmes blagues… Notre complicité rend son geste encore plus incompréhensible. Je pose le front contre la vitre et je suis du regard les petites bandes blanches qui rythment l'asphalte.

Une ombre bouge, dehors. Là, de l'autre côté de la route, quelque chose qui s'envole. Je plisse les yeux. On dirait… un gros corbeau. La masse sombre monte vers le ciel et disparaît. Arrive alors ce pressentiment, des mots qui affleurent à ma conscience, mais ne se matérialisent pas. Je suis si fatiguée… Je ferme les yeux et me laisse bercer par les secousses de la chaussée.

Vingt minutes plus tard, la voiture s'immobilise devant une bâtisse de pierres claires, bordée de lavandins : la maison familiale, une ancienne ferme que mes parents ont retapée lorsque j'étais enfant. Le jour de notre emménagement, chacun d'entre nous a laissé l'empreinte de ses mains dans le ciment frais de la terrasse. À l'avant, une allée de gravillons blancs mène jusqu'à l'entrée.

Je me couche le cœur lourd. Une main sous la tête, je distingue le bruit régulier du vent dans la toiture. Le vent d'autan, « le vent qui rend fou ». Et derrière la cloison de ma chambre, une autre plainte, plus terrible. La voix d'un homme, qui passe sa soirée à demander : « Mais où est-ce que j'ai merdé, putain ? » Je sais qu'il parle à une photo de ma sœur. Et puis, le silence revient. Le vent secoue les tuiles de la maison, l'antenne vibre sur le toit.

Doucement, les questions commencent à remonter, un peu comme des bulles sous l'eau. *Ma Liane chérie, pourquoi avoir fait cela ?* À nouveau, il me semble être passée à côté de quelque chose, et à nouveau mon instinct m'intime l'ordre de ne pas m'en mêler. Je redoute ce que je pourrais découvrir. Alors je fais abstraction de ces pensées et m'endors aussitôt, emportée par un sommeil sans rêves.

Liane

Témoignage écrit par Liane, retrouvé à son domicile de Toulouse. Il a probablement été rédigé à l'âge adulte.

Septembre 2007. Je viens d'avoir 11 ans et je rentre en sixième. Le collège me fait un peu peur, et j'espère de tout mon cœur être dans la même classe que mon meilleur ami Raphaël. Par chance, c'est le cas. Et c'est un soulagement pour moi : en tant qu'éternelle timide, avoir Raphaël dans ma classe est un soutien non négligeable…

Nous venons d'un petit village où le nombre d'enfants en classe de primaire se réduisait à quatre. Notre entrée au collège est donc un grand changement. Raphaël et moi étions d'accord : le but de cette année est de se faire de nouveaux amis. Nous essayons tous les deux d'être ouverts et de discuter avec les autres. Quelques jours après la rentrée, nous rencontrons deux nouveaux élèves : Célia et Valentin. Un autre couple de meilleurs amis.

Ils se sont tous très bien entendus. Je me rappelle encore Raphaël, venu me parler en sortant du gymnase pour me rassurer : « Je traîne beaucoup avec eux parce que je veux un peu élargir mes horizons, mais je ne te laisse pas tomber, ne t'inquiète pas. Ça ne te dérange pas, au moins ? »

J'ai répondu *non* ce jour-là. Je n'aurais pas dû.

Célia est pour moi une personne impressionnante. Blonde, déjà grande pour son âge, elle est très directe. Elle a beau bégayer un peu, elle parle fort et avec de grands gestes. Elle est tellement sûre d'elle. Valentin est un élève un peu dans son ombre, mais il a aussi un caractère bien marqué. Tous deux ne m'apprécient pas vraiment. Ils ne me le disent pas explicitement, mais je le sens bien. Ils ne cherchent pas à sympathiser avec moi. Ils parlent à Raphaël, principalement. Moi, je sais que ma timidité est un défaut, alors je cherche à m'affirmer comme je peux. À cette époque, j'ai encore confiance en moi et en mes capacités.

Les premiers mots durs sont lancés par Célia. « Tu devrais te coiffer différemment. Là, c'est moche. » À cette époque, je choisis d'ignorer ces paroles. Je me persuade que c'est de la maladresse.

En classe, tout se passe bien. Tout le monde est un peu déstabilisé par l'arrivée au collège, mais les professeurs sont gentils et font en sorte que la transition se fasse en douceur. Je ne suis pas tout le temps assise à côté de Raphaël et j'en profite pour discuter un peu avec les autres. Les premières notes qui tombent sont bonnes, excellentes même. Au fil des semaines, Raphaël et moi nous démarquons en faisant partie de la tête de classe. Des regards envieux commencent à apparaître. Mais je suis avec Raphaël, peu importe ce que pensent les autres. Tout va bien.

Pourtant, dès qu'il faut faire des groupes, Célia se met quasi automatiquement avec Raphaël. Je me retrouve souvent avec Valentin, qui ne m'apprécie pas franchement, ou seule. Je me sens un peu écartée. Je me dis qu'ils mettront peut-être du temps à m'apprécier. Je prends mon mal en patience, et j'attends que ça passe.

Sauf que ça ne passe pas. Les paroles de Célia se font plus nombreuses, plus blessantes aussi.

« Moi aussi je mettais des pantalons élastiques quand j'étais grosse comme toi. »

Valentin appuie ses propos. De mon côté, je ne trouve rien à répondre. Je souris, je fais semblant que ça ne me touche pas. Mais au fond, ça commence à faire mal. Je ne cesse de me demander pourquoi Raphaël ne me défend pas.

Je deviens plus critique envers moi-même. Célia n'a pas tort, j'ai quelques kilos à perdre. C'est vrai, ces cheveux sont indomptables. C'est vrai, ce ventre est trop rond. Pas étonnant que personne ne me choisisse en groupe de sport, où de toute façon Raphaël est constamment avec la jolie Célia.

Raphaël, m'as-tu oubliée ?

Louise

Mamie vit à Donneville, un petit village situé à une demi-heure de Toulouse. Son jardin est grand, soigné, avec deux immenses cyprès et un bassin recouvert de nénuphars. Sur la droite poussent des chèvrefeuilles. Mamie les aime tellement qu'elle les a laissés empiéter sur le chemin. Au bout de celui-ci, on devine la terrasse de pierres sèches que j'ai construite avec mon père l'été dernier.

Depuis toujours, notre famille se réunit ici, pour chaque événement important. Brevet, permis, naissances… Tout y est passé. En ces heures sombres, il nous a paru naturel de nous y retrouver.

Ma grand-mère nous accueille sur le pas de la porte. Ses yeux clairs sont rougis. Sa chevelure blonde semble ternie. L'espace d'un instant, elle me fixe intensément, comme si elle regardait à l'intérieur de moi. Moi, je ne vois que ses très petites pupilles, noyées dans ses iris tout verts. Enfin, elle me prend dans ses bras.

— Ça va aller, tu sais. Ça va aller.

Je sais que c'est faux.

Chacun s'avance dans l'entrée. Au milieu du salon vont et viennent deux chats angoras. Des fleurs fraîches ont été déposées sur la table, près du petit bonsaï offert par Liane l'an passé. La pièce embaume la cire et la vanille. Je soupire de soulagement : le lieu est resté fidèle à lui-même. Chez mamie, nous avons nos habitudes. On prend le goûter, on discute dans le jardin. On lit, aussi. J'ai découvert ici de nombreux romans policiers, dont le fameux *Dix petits nègres*.

J'aurais aimé me laisser porter par la sérénité de la maison, pour avoir le temps de souffler. Mais ce n'est pas possible, car nous avons un appel important à passer. Trois mots me ramènent à la réalité :

— On se lance ?

Comme s'il avait attendu ce signal, mon père sort son portable de sa poche. Il en active le haut-parleur, et nous nous penchons au-dessus de l'iPhone. Avec application, mon père compose le numéro.

— Police judiciaire de Toulouse, bonjour.

— Bonjour. Monsieur Martin à l'appareil.

— Ah, monsieur Martin. Oui, en effet, je vous remercie de me rappeler.

Une porte claque, puis il y a un bruissement de feuilles de papier.

— Je suis l'agent Maurel, de la DCPJ de Toulouse. Mes condoléances, monsieur.

Court silence. J'avale ma salive. Il a dit « mes condoléances » par automatisme, sans même faire en sorte que ça sonne vrai.

— Je vous ai contacté au sujet de votre fille, après notre intervention rue de la Colombette. Je vois que le corps a été retrouvé il y a environ… quarante-huit heures. Je suis chargé de superviser l'enquête.

Tout le monde relève la tête. Nos regards se croisent. Mon père pâlit.

— L'enquête ? Quelle enquête ?

— Monsieur Martin, hier mon équipe a découvert quelque chose en perquisitionnant l'appartement de votre fille. Des documents, qui pourraient aider à clarifier les circonstances du décès.

— C'est-à-dire ?

— Écoutez, c'est un peu délicat. Le plus simple serait que vous passiez au commissariat. L'ensemble des pièces vous y sera remis en main propre. Pourriez-vous venir demain ? Vers 14 h 30 ? Ma collègue vous recevra.

Ma mère s'est tendue. Mon père paraît comprendre le message.

— Ma femme et mes enfants souhaiteraient également être présents. C'est possible ?

— Oui, c'est possible. Mais l'entretien sera limité à quatre personnes, et les pièces d'identité sont obligatoires. Mon assistante vous enverra les détails par mail.

Avant de raccrocher, mon père formule une dernière requête :

— Attendez, monsieur Maurel. Si l'on veut se recueillir auprès du corps, comment faire ?

— Ah… C'est que, dans le cas de votre fille, l'autopsie est obligatoire. Je vais me renseigner sur les délais et je vous rappellerai.

Ensuite, l'attente commence. Le temps semble s'être ramolli.

Dehors, le soleil décline ; l'éclairage électrique prend le relais. Finalement, le verdict tombe, redouté et implacable. C'est M. Maurel qui le donne, un peu plus tard : on va pouvoir voir Liane, mais seulement demain.

Liane

Témoignage écrit par Liane, retrouvé à son domicile de Toulouse. Il a probablement été rédigé à l'âge adulte.

Je suis maintenant au collège depuis deux semaines. J'ai l'impression que tout change, et cela m'attriste. Pourtant, je m'applique à ne pas pleurer devant les autres élèves. Pour moi, pleurer, ce serait être faible. Et ce serait surtout montrer à Célia mes faiblesses. J'ai le sentiment qu'elle s'engouffrera dans la moindre faille qu'elle trouvera. Alors je conserve mon sourire de façade en toutes circonstances. Mes rires sont faux, mais personne ne s'en rend compte. Peut-être que personne n'y prête attention, en fait. Il existe un mythe comme quoi les roses se fanent plus vite si personne ne les regarde. Comme elles, je commence à me ternir.

« Mais rentre le ventre, enfin ! » Chez moi, le miroir devient assassin. Je n'ose plus me regarder. Parfois, les larmes aux yeux, je vais voir mes parents en leur disant que je suis trop grosse. Ma gorge se serre à ces mots, car derrière il y a tout le mal-être que je ressens, l'abandon, la peur, la colère. Ils se contentent de me répliquer d'arrêter de manger tout ce chocolat. Ne comprennent-ils donc pas ?

« Tu vois bien que tes lèvres sont trop grosses, personne ne voudrait t'embrasser de toute façon. » Je serre les dents. Cela fait maintenant des semaines que je subis ça. Je me lève le matin en me demandant ce que Célia pourra encore me reprocher. Je me couche le soir en ayant ses paroles de la journée qui résonnent encore dans ma tête. Je passe mes premières nuits blanches dans le froid de décembre. En pleurs. En silence.

Je commence à me détester. Pourquoi je ne réagis pas ? Je devrais lui répliquer quelque chose de bien cinglant. Je n'y arrive plus, je me sens comme bâillonnée. Je me déteste, j'aurais dû parler quand je le pouvais encore.

Nulle, je suis nulle.

« Tu as vraiment des idées pourries. » Seules mes notes peuvent encore la contredire. Je m'enferme dans ma chambre pour travailler, ça au moins je sais encore le faire. Mais ma moyenne qui ne redescend jamais fait parler dans la classe. Les autres commencent à me regarder d'un sale œil. Au cours des trimestres, Raphaël et moi finissons premiers de la classe à tour de rôle. Mes seuls mots de réconfort se trouvent dans mes bulletins.

Je me réfugie sur Internet. Là, personne ne me voit, personne ne me juge sur mon physique. Je peux être qui je veux. Je trouve un forum d'écriture où je passe de plus en plus de temps. Les histoires fictives m'aident à m'évader quelques heures. Puis je commence à écrire mes pensées, des textes trop sombres pour les mettre sur le Net.

On dit que ma génération est une génération sacrifiée. Nous serions victimes des écrans, de l'Internet naissant. On dit que le taux de dépression de ma génération n'a jamais été aussi haut, qu'il est la conséquence directe de l'isolement induit par les nouvelles technologies. Je ne sais qu'en penser.

Pendant les vacances de Pâques, lors d'une promenade, je me retrouve en haut d'un pic rocheux. Plusieurs mètres en contrebas, on voit des vagues qui se brisent violemment contre les rochers. J'éprouve comme une fascination morbide pour ce vide vertigineux. L'espace d'une seconde, et pour la première fois, je me vois me rapprocher, perdre l'équilibre, tomber, m'écraser en bas. Et l'espace d'une seconde, pour la première fois, je me dis : « Pourquoi pas ? »

Un instant plus tard, j'oublie cette pensée et je m'éloigne du bord.

Louise

Réveil dans la maison aux lavandins. Aujourd'hui, nous avons rendez-vous à 9 heures sur le lieu de recueillement, puis à 14 h 30 au commissariat de Toulouse. J'appréhende cette journée. Alors je reste dans mon lit, immobile.

Je distingue les bruits de la maison, notre vieux frigo qui ronronne, le robinet qui goutte. Et puis l'écho de la route, toute proche.

Une heure plus tard, mes pieds foulent les dalles claires du couloir. Je n'ai pas faim, mais je tente d'avaler quelque chose. Dans la cuisine, j'allume la radio et j'attrape une clémentine. Seules les clémentines semblent encore avoir du goût… Leur douceur acidulée me rassure : elle me rappelle mes vacances de Noël avec Liane. J'aimerais tant comprendre…

Distraitement, j'écoute une émission sur RTL. Un Japonais centenaire raconte que son secret de longévité, c'est de boire du thé. Un bon thé noir brûlant. Sur ma joue, une petite égratignure me tiraille. Je ne sais pas d'où elle vient.

Je me remémore mes sorties au bowling avec Liane, ses ongles qui scintillaient quand elle faisait des gestes enthousiastes. Je revois les coiffures en mousse dont on se parait dans le bain, et ce soir d'automne où Liane et Sophie avaient voulu dormir à la belle étoile, au milieu du jardin. Si seulement je pouvais remonter le temps…

Il y a des pas dans le couloir. Mon père part se doucher. Quelques minutes plus tard, l'eau s'arrête de couler et il me rejoint. Il attrape son béret kaki, celui qu'il porte toujours à l'extérieur pour dissimuler sa calvitie naissante. Ensuite, il s'assied sur le vieux banc de l'entrée et se penche pour lacer ses chaussures.

— Ça va te paraître bizarre, ce que je vais te dire, Louise. Tu vas avoir du mal à le croire, peut-être…

Il se redresse et plonge son regard dans le mien.

— Mais bien souvent les réponses sont en nous-mêmes, et les obstacles aussi. Un jour, tu repenseras à cette conversation et tu comprendras, Louise.

Il se lève.

— Allez, mets ton manteau, ma chérie.

Lorsque je quitte la maison, le picotement a disparu.

James n'a pas été convié aujourd'hui. Nous ne sommes pas mariés, et seule la famille est autorisée à voir le corps. Mon fiancé me manque, mais j'essaie de faire bonne figure.

Nous passons chercher maman et Sophie, puis nous roulons vers l'hôpital Rangueil, à Bellevue. Tout le trajet est silencieux. À un moment, nous longeons la patinoire de Toulouse, là où Liane s'entraînait tous les week-ends avec ses amis. L'angoisse revient, je ravale ma peine et me focalise sur la route. Ne pas penser, c'est ça, ne plus penser. De toutes mes forces, je fixe les petites bandes blanches qui se succèdent sur le goudron. J'appréhende les minutes à venir.

La voiture s'avance sur le parking de l'hôpital. La chambre mortuaire se situe à l'arrière du bâtiment. *Quel mot affreux, chambre mortuaire…* Fort heureusement, ils ont eu la décence d'appeler le lieu Les Oliviers. Pour moi, c'est bien moins dur à prononcer. La conduite de mon père est brutale, presque saccadée. Nous sommes tous secoués, pourtant personne ne dit mot. Nous garons notre véhicule devant un panneau un peu rouillé : *Espace d'accueil mortuaire - Les Oliviers.* Nous sommes arrivés.

Dans l'escalier flotte une odeur étrange. Quelque part, nous savons déjà ce que nous nous apprêtons à voir, mais personne n'ose se l'avouer. Alors que nous allions frapper à la porte, une femme l'ouvre pour sortir. Des cheveux d'ébène, un visage fin. Sur les mains, des fleurs de cerisier tatouées à l'encre noire.

La jeune femme me regarde, cligne deux fois des yeux et marque un mouvement de recul. Comme au ralenti, je la vois s'écarter de moi, alors que ses lèvres s'arrondissent en un *oh !* de surprise. Mais elle se reprend aussitôt.

— Bonjour, je peux vous renseigner ?

— On cherche l'accueil…

— Ah, ce n'est pas ici, commente-t-elle sobrement.

Ma mère demande d'une voix hésitante :

— Mais, pour voir un corps, doit-on vraiment passer par l'accueil ?

Je la sens fragile, prête à défaillir. La jeune femme a dû s'en apercevoir aussi, car d'une voix douce elle lui répond :

— Alors non, ce n'est pas nécessaire. Vous venez voir qui ?

— Liane Martin, énonce ma mère.

L'employée nous guide vers une salle d'attente. La pièce est vide, nous sommes les seuls visiteurs. Au mur, un tableau aux couleurs claires. Un paysage de campagne, au soleil levant.

— Ces couleurs… c'est apaisant. Cela aurait plu à Liane, murmure maman.

Mon père baisse la tête. C'est vrai, cela aurait plu à Liane.

Je lui chuchote :

— J'ai peur, papa…

Il se rapproche de moi, Sophie en fait autant.

— Je sais, ma chérie… Je suis tellement désolé… Je t'aime, ma Louise… Je t'aime, ma Sophie.

C'est au tour de maman de nous rejoindre. Nous voilà tous les quatre dans la salle d'attente, serrés les uns contre les autres.

Au loin, il y a des bruits étouffés de métal, des portes grincent, des choses métalliques roulent. Je n'ose pas imaginer.

Un temps passe, puis la porte battante se rouvre. La jeune femme est de retour. Elle a un regard hypnotique, de grands yeux noirs cernés de khôl. Elle me fixe un instant, puis les autres. Elle dit quelque chose à ma mère, à propos de vêtements qu'il faudra fournir avant l'enterrement. Elle se tourne ensuite vers une petite porte, à quelques pas.

— Lorsque vous aurez terminé, vous pourrez appuyer sur cette sonnette pour me prévenir de votre départ.

Son regard s'attarde une dernière fois sur moi. Elle semble troublée, mais de sa voix de velours elle souffle :

— Vous pouvez à présent entrer dans la salle.

Sur l'écriteau, une inscription manuscrite, ronde et soignée : *Liane M.*

Liane

Extrait de journal intime retrouvé chez Liane par son père.

« Je pense beaucoup aux réactions des gens. J'ai conscience du mal que je vais faire autour de moi. Quoi que non, en vrai, j'ai perdu des proches, mais jamais par suicide : je ne sais pas réellement ce que cela fait.

J'espère juste qu'ils réussiront à s'en sortir.

Je sais que beaucoup ne comprendront pas. Me traiteront d'égoïste, de menteuse, d'hypocrite, iront jusqu'aux insultes. Tant pis. Il n'y a rien d'autre à comprendre que la souffrance. Je ne pense pas qu'on puisse comprendre cette douleur, tant qu'on ne l'a pas vécue soi-même. »

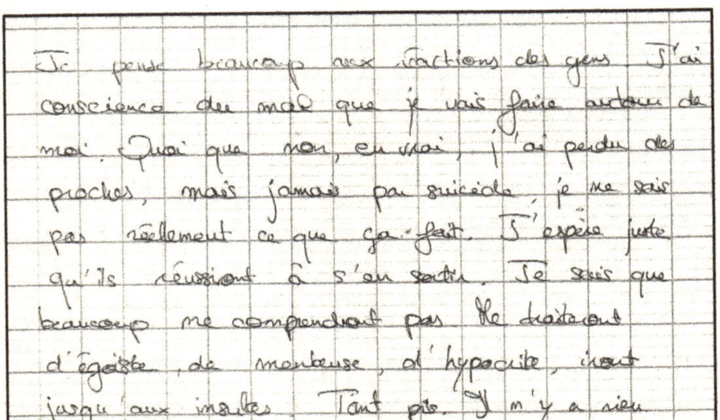
Je pense beaucoup aux réactions des gens. J'ai
conscience du mal que je vais faire autour de
moi. Quoi que non, en vrai, j'ai perdu des
proches, mais jamais par suicide, je ne sais
pas réellement ce que ça fait. J'espère juste
qu'ils réussiront à s'en sortir. Je sais que
beaucoup ne comprendront pas. Me traiteront
d'égoïste, de menteuse, d'hypocrite, iront
jusqu'aux insultes. Tant pis. Il n'y a rien

Louise

D'un même mouvement, ma famille s'avance vers la salle mortuaire. Dans un état second.

Je suis la troisième à entrer. Aussitôt la porte franchie, j'aperçois un lit sur ma gauche. Je relève le regard. C'est elle. Mais ce n'est pas elle. Liane est immobile, froide, étrange. Je reconnais la forme de ses épaules et de sa poitrine sous le tissu qui la recouvre jusqu'au cou. Ses cheveux sombres ont été regroupés en une tresse large. Sa bouche est très légèrement entrouverte ; on voit briller ses dents, très blanches. Déjà, la lèvre inférieure a pris une couleur violacée. La lèvre d'une morte.

Chacun se déplace autour du lit de métal. Chacun constate en silence la pâleur de sa peau, les yeux clos, l'absence de respiration. Ma mère la première avance la main. Elle effleure son front, puis murmure d'une voix presque inaudible :

— Elle est froide…

À mon tour, je me penche au-dessus de Liane. Je regarde ses longs cheveux tressés et j'ai la sensation d'être comme au-dessus d'un miroir. Jamais notre ressemblance n'a été aussi frappante. Alors je comprends la réaction de la jeune femme qui a vu sonner à sa porte la fille qu'elle venait de ranger dans son grand congélateur.

Liane a un air paisible, cet air des femmes qui ont tout doucement glissé dans l'oubli. Pas de traces de coups. Ni sur la nuque ni sur les joues. Pas le moindre signe de strangulation. Elle a dû s'endormir, dormir profondément. Avant de s'en aller vraiment. Elle dégage une odeur particulière, troublante, presque douce. Une odeur d'amande amère.

Pendant quelques secondes encore, j'observe le visage immobile et la tresse qui regroupe les larges boucles vers l'arrière de sa tête. Adolescente, je dormais avec une natte comme ça. Une torsade un peu lâche, qui s'achevait sur le côté. J'ignorais qu'elle faisait la même chose.

Liane était étudiante en sciences forensiques, alors bien sûr elle m'avait raconté. L'arrêt du cœur, le sens de l'ouïe, qui est le dernier à partir. Les organes qui gonflent, le sang qui stagne et coagule. Les sucs gastriques, qui après quelques jours commencent à digérer l'estomac lui-même, puis l'intérieur du ventre.

Brutalement, je m'affale contre le mur. Mon corps ne supporte plus cette proximité. Mon corps me lâche. J'arrive à peine à souffler :

— Je veux juste partir d'ici…

Je titube vers la sortie.

J'entends ma mère qui s'adresse à mon père :

— Claude, va avec elle.

Quelqu'un me suit dans le couloir. Une porte claque. Le reste, je ne sais plus. Peut-être qu'à un moment ma mère sort, que mon père y retourne. Mais je n'entends aucune parole, je ne vois aucune image. Seule l'odeur du formol semble tout envahir.

Une demi-heure plus tard, nous quittons les lieux. *Sonnez pour signaler votre départ*, est-il rappelé sur un écriteau au mur. On appuie. C'est la lumière des toilettes. Moment de confusion. On réussit à trouver la sonnette appropriée, et la jeune femme revient. Encore sous le choc, on ne sait pas quoi dire. On bafouille des politesses :

— On a fini, on va y aller…

Et l'on se dirige vers l'extérieur.

Je ne peux m'empêcher de revoir ce visage calme et froid. L'expression neutre de celle qui a sombré dans un coma sans retour.

Liane

Texte retrouvé dans l'ordinateur de Liane. Le destinataire n'est pas connu.

Je t'ai longtemps dit que tu ne me manquerais pas ; j'ai longtemps murmuré que je te détestais. Le pire est peut-être que je pensais chacune de ces paroles.

Pourtant aujourd'hui, tu n'es plus là. Et, fait étrange, tu me manques. C'est une douleur indicible qui m'étreint lorsque je me rappelle que plus jamais je ne te verrai. Je réalise à présent à quel point ta présence était indispensable à ma survie. Et je ne peux supporter que tu ne sois plus à mes côtés.

Alors, s'il te plaît, ne m'oublie pas.

Louise

L'accueil du commissariat de Toulouse est doté d'une porte tambour et de bancs en plastique noir. Sur son écran, l'agent de police vérifie notre rendez-vous.

— C'est bon, asseyez-vous, je vous prie. On vous appellera, annonce-t-il.

Je m'installe sur le banc, Sophie se laisse tomber à côté de moi. Sophie est parisienne depuis peu. C'est la cadette de notre sororie, et elle est terrassée par le décès de Liane. Elle boit une gorgée d'eau et me tend la bouteille sans lever les yeux. Ensuite, elle pose la tête sur mon épaule, et j'enroule un bras autour de sa taille. L'espace d'une seconde, j'oublie pourquoi nous sommes venues. Et puis tout me revient, comme une vague. Notre petite sœur. On a perdu notre petite sœur. Elle s'est suicidée.

Je me souviens comment, à présent. Liane s'est suicidée de la manière la plus inattendue qui soit. C'est mon père qui me l'a dit.

— Elle s'est servie de cordes, a-t-il précisé.

Il est resté silencieux un moment.

— Liane a attaché des cordes avec des nœuds coulants, de manière à ne plus pouvoir se détacher une fois qu'elle aurait resserré les liens. La main droite avec le côté gauche, la main gauche avec le côté droit.

Il me parlait doucement, les yeux fixés au sol. Il s'est interrompu un instant, pour maîtriser la vague d'émotion, qui le submergeait. Il a passé la main sur son visage et a repris d'une voix plus basse :

— Elle a ingéré des médicaments. De la morphine, et d'autres dont j'ai oublié le nom.

De l'alcool, aussi, révélera plus tard l'autopsie. Presque une demi-bouteille de whisky Suntory.

— Ensuite, elle a placé sa tête dans un sac plastique étanche.

Je me suis risquée à regarder le visage de mon père : ses traits étaient fermés, sa mâchoire serrée. J'en ai eu mal au cœur. Lui a dégluti difficilement.

— Elle s'est asphyxiée, a-t-il finalement murmuré. En respirant son propre gaz carbonique. Elle devait être inconsciente, elle n'a probablement pas souffert.

J'aimerais tant pouvoir le croire.

Le policier nous appelle. Il nous fait passer le portique de sécurité, puis il nous escorte vers le dernier bureau au fond du couloir. La femme qui nous reçoit est très belle. À son poignet, un bracelet en argent accompagne chacun de ses gestes d'un tintement discret.

Elle nous indique le lieu où Liane a été retrouvée, la date et l'heure estimée du décès. Elle décrit les résultats de l'analyse toxicologique : présence de médicaments et alcoolémie importante. Devant nous, elle ouvre le dossier contenant les photos de l'autopsie. Mon père étouffe une exclamation. Ma sœur a le thorax ouvert. Je détourne la tête.

Imperturbable, la policière nous remet ensuite les effets personnels. Le sac à main de Liane ainsi que des clés, qui n'ont plus de porte-clés. Elle ajoute qu'aucun téléphone portable n'a été retrouvé. Puis elle se retourne et attrape une grosse enveloppe marron sur l'étagère derrière elle. Elle annonce qu'elle va nous donner trois lettres. Je panique.

— Il n'y a que trois lettres ? Mais nous sommes quatre !

Tout le monde me chuchote de baisser d'un ton, mais mon cerveau tourne à cent à l'heure. L'un de nous n'aura pas de lettre. C'est peut-être moi.

La policière ne fait pas de commentaire. Elle pose simplement l'enveloppe kraft sur le bord du bureau et continue son inventaire. Dix minutes plus tard, nous sommes dehors, le paquet à la main.

Je meurs d'envie de l'ouvrir, mais nous ne sommes pas tous d'accord.

— Non. Pas tout de suite, affirme ma mère. Pas en pleine rue, pas devant un commissariat. Il faut lire ses mots dans un lieu approprié.

Moi, je voudrais juste tout lire, tout de suite. J'ai tant besoin de savoir.

Il pleut des cordes quand on s'engouffre dans le métro.

— On ne peut pas faire cela dans des escalators, annonce maman en rangeant l'enveloppe dans son sac.

Je ne sais pas comment je me retrouve assise en terrasse couverte, un café brûlant devant moi. Je ne me souviens même pas si je l'ai bu ensuite. Tout ce que je revois, ce sont ces trois lettres qui sortent de l'enveloppe que mon père vient de décacheter. Un testament dactylographié pour le notaire. Une déclaration médicale à l'attention des pompiers. Et un dernier document, cette fois rédigé à la main : l'adieu de Liane à sa famille. Je suis presque soulagée de voir que ce ne sont pas des lettres individuelles, que je n'ai pas été oubliée… Mais ce soulagement est de courte durée.

Mon regard parcourt rapidement les différents documents.

« Je soussignée, Liane Martin, déclare refuser les soins en cas de réanimation. » Et en bas, la date : 2016. Deux ans. Cette lettre a été rédigée il y a deux ans. Électrochoc. Les murs tanguent autour de moi, je m'agrippe à la table. Les questions se bousculent dans ma tête.

Comment y croire ? Deux ans, et nous n'avions rien vu ? Les larmes remontent et débordent. Deux ans de mensonges, deux ans de faux sourires. Comment a-t-elle pu ? Je ne comprends pas, je suis perdue. Liane avait-elle dit ou mentionné quelque chose ? À présent, je suis sûre que oui. Mais c'est trop loin, trop flou. Impossible de me souvenir. Je lis sa lettre d'adieu, si belle, bouleversante. Avant de reposer lentement le document sur la table.

À la nuit tombante, chacun rentre chez soi. Moi, je retourne chez mon père. On s'assied à même le sol, sur le tapis du salon. Les mots ne viennent pas. Alors il me joue un air de guitare, cet air qu'il interprète souvent, la *Sarabande* de Bach.

À son habitude, la maison familiale résonne sous le vent. Dehors, les lavandins se balancent lentement. Les notes de guitare s'envolent dans le silence du soir.

Liane

Témoignage rédigé par Liane, retrouvé dans son ordinateur.

Je m'appelle Liane.

Je suis au collège, en cours d'espagnol, c'est le début de l'après-midi. Je suis placée à la troisième rangée, colonne de gauche, près du mur de la porte d'entrée. Valentin se trouve à ma droite. Je suis assise, les jambes décroisées et les pieds posés au sol, le buste penché en avant, la main droite soutenant ma tête pendant que l'autre tient mon stylo-plume.

Alors que je note les mots de vocabulaire inscrits au tableau, je sens sa main se poser sur ma cuisse droite. Mon cœur rate un battement. Je sens tous les muscles de mon corps se raidir, mon cou se crispe pendant que la tempête recommence dans ma tête.

J'ai cru comprendre au cours de ces derniers mois qu'il était attiré par moi. J'ai beau ignorer les remarques et gestes obscènes qu'il a pu m'adresser, je ne peux pas m'empêcher de me sentir flattée. Pour une fois que quelqu'un s'intéresse à moi… À moins qu'il ne fasse ça simplement parce que ça fait rire les autres.

Gênée, je risque un coup d'œil vers Valentin. Ses yeux noirs brillent d'une lueur salace. Il hausse un sourcil, lascivement. Je détourne le regard. Je fixe les lignes du cahier à grands carreaux ouvert devant moi. Son attitude me met mal à l'aise. Je ne veux pas de ça, pas maintenant. S'il te plaît, non.

J'ai du mal à respirer, mon corps est tendu au possible, tout en moi me hurle de fuir, de bouger, de parler, de le stopper, pourtant je reste immobile. Sa main s'agite, d'abord presque timidement, puis il prend de l'assurance. Il caresse d'abord le haut de ma cuisse pendant quelques minutes. Je ne sais pas quoi penser, ce n'est pas désagréable, mais j'ai le sentiment que ce n'est pas bien, qu'il ne devrait pas faire ça. Pas en cours en tout cas. Puis il se glisse entre mes jambes et ma respiration se bloque.

Je n'entends plus ce que dit la prof, toute mon attention est focalisée sur la chaleur diffuse de sa main contre mon sexe. Mon esprit hurle un stop que ma bouche reste incapable de prononcer. Je ne vois rien, j'ai toujours les yeux fixés sur mon cahier, mais je ressens tout, et toutes les sensations semblent exacerbées. Ses doigts caressent l'intérieur de mes cuisses avec envie, mais sans douceur. J'entends mon cœur battre trop fort, trop vite, je sens une goutte de sueur froide glisser le long de mon dos.

Je ne comprends pas comment il ne remarque pas mon malaise, pourquoi il continue malgré tout. Il me murmure plusieurs fois qu'il sait que j'aime ça, que je veux qu'il continue, que ça me plaît. Sa main est maintenant carrément sur mon sexe, il me caresse à travers le pantalon, il appuie fort, il me fait mal. Une énième fois, je tente de protester, mais mon corps pétrifié ne m'obéit plus.

Tandis que sa main continue de me caresser, je croise le regard de la prof. Je sens la chaleur me monter au visage, sans doute que je rougis. J'ai tout à coup l'espoir qu'elle remarque mon visage décomposé, la main entre mes jambes, qu'elle comprenne. Qu'elle lui dise d'arrêter. Elle tourne la tête sans rien dire, et tout s'effondre dans ma tête. Je suis foutue.

Je réfrène un haut-le-cœur. Ma vue se brouille, tout devient flou, je ne sens presque plus sa main, j'ai l'impression d'être anesthésiée. De ne plus être vraiment là. Au milieu du brouillard, je perçois des pouffements, derrière moi. Les personnes assises derrière nous regardent. Je discerne les ricanements et les commentaires à voix basse, les uns qui préviennent les autres du spectacle à regarder. J'entends les bruitages que certains font, je sens le poids des regards qui se tournent vers nous. Des regards intrigués, amusés. Bien contents de la distraction qui s'offre à eux. J'ai chaud, j'étouffe.

La tension à l'intérieur de moi est si forte que je suis au bord de l'implosion. J'ai arrêté de lutter pourtant, je le laisse faire, j'attends que ça passe. Il se retourne. Il cherche sans doute l'approbation des camarades derrière nous. Les rires reprennent de plus belle, bien que discrets. Je n'arrive pas à tourner la tête, mais à l'extrémité de mon champ de vision je vois une grosse bosse entre ses jambes. Son autre main s'agite sur son propre sexe.

Il continue de me toucher, de plus en plus fébrile. Je sens que le désir est en train de monter de son côté. Il déboutonne mon jean. La braguette s'ouvre, sa main effleure mon bas-ventre, passe sous ma culotte. Le contact de sa main contre ma peau est insupportable. J'en ai la nausée, je manque d'air, je veux partir. Je n'arrive plus à penser, je suis perdue, je perds la notion du temps. Il finit par retirer sa main. C'est bon, c'est fini.

Louise

Le lendemain, et pour la première fois, j'apprends l'existence de Maeva.

— C'était sa petite amie, m'annonce simplement maman, assise sur une chaise de jardin.

J'ouvre la bouche, puis la referme sans savoir quoi répondre.

Je me frotte le visage, je fais quelques pas. À vrai dire, je me doutais qu'elle préférait les filles. Parfois, on en parlait ensemble. Toujours à demi-mot, de façon détournée… J'avais repéré que cela ne lui plaisait pas tellement de mettre des mots trop forts sur des sentiments aussi légers et naturels. D'ailleurs, Liane n'a jamais aimé enfermer les gens dans des cases. Non, quand on abordait le sujet, on débattait surtout autour de l'éducation sexuelle à l'école, ou bien de la Pride. J'essayais de lui montrer que, de mon côté, la porte était ouverte si elle souhaitait en discuter plus librement.

Les paroles de ma mère me surprennent tout de même. Si je pensais qu'elle avait des copines, je n'avais pas compris qu'elle était en couple. Et ce, depuis longtemps. Je ne peux pas m'empêcher de demander :

— Mais… pourquoi elle ne nous l'a jamais présentée, cette fille ?

Ma mère aspire une longue bouffée de nicotine.

— Elle avait peut-être peur.

La fumée s'échappe au loin. Elle soupire :

— Pourtant, on l'aurait bien accueillie, cette Maeva.

— Je sais, maman.

Ma mère a l'air si triste, assise ainsi sur la terrasse, les yeux embués de larmes.

Elle me donne le numéro de Maeva, et je vais m'isoler au fond du jardin. Le téléphone sonne une fois, deux fois. Et finalement, une voix.

Les mots restent coincés dans ma gorge, je n'arrive plus à articuler un son. Alors je me mords la lèvre et je ferme les paupières.

— Allô ? Il y a quelqu'un ?

Je débite d'un trait, sans rien articuler :

— Bonjour, je m'appelle Louise Martin. Je suis la sœur de Liane. Je voudrais te parler… parce que je cherche à comprendre, j'ajoute précipitamment. Ne t'inquiète pas, même si tu savais qu'elle allait mal, personne ne t'en veut, bien au contraire. Nous n'aurions pas du tout aimé qu'elle soit isolée, nous sommes contents qu'elle ait eu quelqu'un à qui se confier.

Il y a un court silence, puis la voix de Maeva s'élève, claire et déterminée :

— Bonjour, Louise. Ça fait plusieurs jours que j'espérais ton appel. Nous avons beaucoup à nous dire… Il y a tant de choses que tu ne sais pas à propos de Liane. Il faut absolument qu'on se rencontre.

II

DÉCOUVRIR

Louise

Le lendemain, je me lève tôt, j'enfile un sweat-shirt gris et je pars à la rencontre de Maeva. Je la retrouve dans un café quasi désert, rue Pharaon. On s'installe près de la fenêtre. Dehors, le vent agite doucement les arbres.

D'abord, on s'observe à la dérobée. Maeva porte un pull en mailles fines, elle a un regard très direct et de longs cheveux noirs. Une petite fossette se dessine sur son visage quand elle parle. Je lui ai apporté des photos d'enfance de ma sœur, que je lui tends par-dessus nos tasses. Quelques photos de Liane au parc Baudis de Toulouse, que j'ai choisies pour qu'on se souvienne des bons moments. Maeva les consulte un instant, mais elle ne laisse rien paraître de ses émotions. Je demande :

— Tu avais déjà vu ces photos ?

— Non, pas du tout, non.

Un ange passe, puis elle prend la parole. Tout un pan de la vie de ma sœur, jusqu'alors inconnu, se dévoile alors.

Liane fréquentait un centre pour jeunes fragilisés depuis trois ans. Elle y était soignée, et même suivie par un psychologue attitré. Maeva m'explique que ma sœur ressentait une grande détresse qui faisait suite à un événement survenu à l'école, précisant qu'elle en avait développé une phobie scolaire. Calmement, elle me décrit à quel point Liane ne pouvait plus pénétrer dans une salle de classe tant elle en était effrayée. Mon cœur se serre.

Ensuite, Maeva me partage son propre parcours. Née à la Réunion, elle est arrivée à Toulouse pour un master en intelligence artificielle et n'en est jamais repartie.

Cette fille a une rapidité d'élocution extraordinaire. Elle fait signe au serveur, nous commande deux expressos, puis reprend. Elle me détaille sa rencontre avec Liane au centre, un matin de décembre. Tout de suite, elles ont sympathisé. Elles sont devenues amies, puis amantes. Maeva, qui connaissait ce centre depuis des années, et Liane, tout juste majeure, qui commençait un suivi pour la première fois.

D'une voix étrangement douce – elle doit sentir combien je tombe de haut –, Maeva m'apprend ce qu'est le centre pour jeunes, son fonctionnement, ses horaires. Elle indique qu'il y a des rendez-vous avec des psychologues et des infirmières, mais que personne ne porte de blouse, et que les patients sont libres d'entrer et de sortir à leur guise. Elle reprend une gorgée de café.

— En fait, c'est presque un centre classique pour jeunes. Une auberge de jeunesse médicalisée en quelque sorte, avec une cour extérieure où l'on peut s'installer et discuter.

J'absorbe la nouvelle. Par la fenêtre, les nuages filent. La voix de Maeva me ramène à la réalité. Elle me parle de leur quotidien. À un moment, on rigole en se remémorant les petites manies agaçantes de Liane, comme ce pain qu'elle mettait dans son yaourt ou sa manucure qu'elle s'obstinait à entretenir tous les jours. Je fais mine de me boucher le nez à l'évocation de l'odeur d'acétone, et on échange un regard complice. Et puis Maeva s'interrompt. Elle tient une photo de Liane enfant qui forme un cœur avec ses doigts. Une ombre passe sur son visage.

Lorsqu'elle recouvre la parole, le ton a changé. Elle se penche vers moi et me raconte ce qu'elle sait de ce jour fatidique. Je suis pendue à ses lèvres.

D'abord, elle précise que Liane souffrait de terreurs nocturnes. Mon visage s'affaisse. Je ne savais pas que ma sœur vivait cela… Concentrée sur son récit, Maeva me révèle qu'elles s'appelaient chaque soir pour que Liane s'endorme à peu près rassurée. Cette nuit d'avril n'avait pas fait exception. Liane avait téléphoné vers minuit. Sauf que ce soir-là Maeva dormait déjà… Réveillée par la sonnerie du téléphone, elle avait décroché au radar.

— Maeva, tu dormais ?

— Oui… Désolée, je me suis couchée tôt. J'ai pris froid, je crois. Attends, je cherche la lumière, j'y vois rien…

— Non, écoute c'est pas grave. T'embête pas.

— Tu es sûre ?

— Mais oui, c'est bon. Retourne dormir. On se parle demain.

Mais le lendemain plus aucune nouvelle. Inquiète, Maeva était venue frapper à la porte de l'appartement de Liane. Plusieurs fois dans la journée. Plusieurs fois le jour suivant. Aucune réponse. Quarante-huit heures d'angoisse. Jusqu'à ce que, n'y tenant plus, elle signale la disparition aux pompiers. À l'instant même où elle prononce ces mots, j'imagine les sauveteurs arriver et défoncer la porte. Mes mains se crispent autour de la tasse.

— En réalité, ils sont passés par la fenêtre, précise Maeva.

Elle m'explique que les pompiers procèdent toujours ainsi pour éviter de casser les portes. Après quoi, les mots tragiques avaient été prononcés dans la radio : « Delta Charlie. »

— « D. C. », c'est pour « Décès », ajoute Maeva.

Maeva s'est effondrée. Mes parents, alertés par téléphone, ont été sur place presque immédiatement. Les pompiers ne les ont pas laissés entrer. Ils ne leur ont même pas permis de voir le corps. Une boule descend dans ma gorge.

Et c'était tout. Maeva se lève et se dirige vers la porte. D'un pas hésitant, j'enfile ma veste et je la suis.

À l'extérieur, une bourrasque nous accueille. Je frissonne et resserre les pans de ma veste autour de moi. On remonte la rue Pharaon, qui débouche sur la place des Carmes. J'aurais aimé trouver des mots à mettre sur ma peine, mais Maeva ne m'en laisse pas le temps. Elle affirme que Liane se méfiait de quelqu'un et se sentait suivie en permanence. Menacée, même. Je pile.

Liane n'avait jamais rien dit à ce sujet. Pourquoi diable aurait-on voulu la suivre ?

Liane

Témoignage écrit par Liane à l'âge adulte, retrouvé à son domicile de Toulouse.

Pendant les vacances d'été, pour la première fois depuis plusieurs années, je ne pars pas en colonie de vacances. Je dis à mes parents que je n'en ai pas envie, mais au fond j'ai surtout peur. Je sais que je n'arriverai pas à me faire des amis là-bas. Je veux m'épargner ça.

« Tu t'es vue un peu ? Rêve pas, tu seras jamais en couple, toi. »

Je passe mes vacances à espérer ne plus être dans la même classe que Célia l'année suivante. Espoir mort-né. À la rentrée de cinquième, je désespère de voir le cauchemar se répéter une autre année. Je choisis de ne pas renouveler mon inscription au patinage artistique. On ne peut rien faire de gracieux avec mon corps, de toute façon.

« Bon, on va manger avec des gens plus sympas, désolée. »

Je n'essaie même plus de résister lorsque Célia me vire d'une table à la cantine, me pousse pour parler à Raphaël, m'ignore quand je lui adresse la parole. J'ai perdu espoir d'arriver à me faire apprécier d'elle. Parfois, j'ai l'impression qu'elle joue avec moi : elle me dit quelques mots gentils, puis elle me casse encore plus par-derrière.

Le silence de Raphaël me blesse. J'ai l'impression que Célia essaie de l'éloigner de moi. Ce qui fait mal, c'est que ça a l'air de marcher. Je n'ose pas les laisser tous les deux seuls, car j'ai le sentiment que Célia retourne Raphaël contre moi pendant mes absences. Alors je me force à rester. Je ne veux pas perdre Raphaël. Célia, tu ne gagneras pas cette bataille-là.

Chez moi, je passe toujours plus de temps sur Internet. Je saute même des repas, pour rester plus longtemps sur mon ordinateur. C'est une époque où il est impossible d'échapper à la dictature des commentaires, des photos taguées, des remarques blessantes. Je ne veux pas penser à demain. Demain me terrorise.

Je deviens mutique. Je n'arrive plus à parler. Le silence est mon dernier rempart, je crois.

« C'est nul, tu parles jamais, on s'emmerde avec toi. »

Et pourquoi crois-tu que je ne parle plus ? Ma vie ne se résume qu'à attendre que la journée se termine pour m'éloigner de toi. Je te déteste, je me déteste.

Je passe mes nuits roulée en boule dans mon lit, à essayer de faire taire la voix de Célia dans ma tête. Je voudrais disparaître. Tout oublier, ne plus l'entendre, ne plus la voir, juste oublier ces longs mois de torture, en finir. Je ne savais pas que l'on pouvait continuer à vivre tout en souffrant autant.

« Vraiment, si tu n'arrives pas à perdre, pense à la chirurgie. »

J'ai beau me détester, je hais encore plus mon corps. Mes moments de détresse laissent des marques. Sur mes poignets, les coupures se font plus nombreuses, plus violentes, plus profondes. Je me dégoûte.

« Tête à claques… Tête d'intello… »

Mois d'octobre. Ma classe de cinquième ne m'aime pas. Célia doit avoir raison au fond. Mais si je ne sers à rien, laissez-moi donc tranquille… Je suis perdue. Raphaël, où es-tu ?

Chaque jour, trouver une raison quasi inexistante de se lever. Célia ne disparaîtra pas, ma tortionnaire blonde sera toujours là, jour après jour. Et moi, j'essaie en vain d'exister. Ai-je le droit d'exister ? Après des mois de harcèlement scolaire, je n'en sais plus rien. Je ne crois pas… Dans ma tête, je commence à associer mort et délivrance. Je lutte pour ne pas y penser. Célia ne doit pas gagner. Ne pas y penser. Se raccrocher à… se raccrocher à quoi, déjà ?

« T'as vraiment une tête de macaque, c'est comique. »

C'est le mot de trop. Je me lève, furieuse, et j'avance vers Célia. Sans réfléchir, j'envoie mon bras le plus fort possible, espérant qu'une gifle la calmera. Célia bloque ma main. Elle est plus grande et plus forte que moi. Bon Dieu, ce que je suis stupide. La gifle que je me prends en retour est si violente que je trébuche, je tombe à terre. Mes lunettes ont volé à travers la cour, à quelques mètres de nous. Je ne m'attends pas à ce qu'on m'aide à les retrouver.

Aucun élève ne prendra ce risque. Cette fois, c'est dit, Célia me domine, verbalement et physiquement.

Un temps, j'essaie de lutter, mais chaque mot de Célia tue mes espoirs à petit feu. Et un soir de décembre, j'abandonne. Pourtant, c'est un échec. Me voilà incapable de réussir à me tuer correctement. Lamentable.

*

Février 2009. J'ai presque 13 ans. Nous partons au Futuroscope dans le cadre d'un voyage scolaire. J'angoisse. Partir, ça signifie passer plusieurs jours en présence de Célia, sans interruption. Une horreur. Je me dis que je réussirai à survivre, tant bien que mal. Elle m'a déjà tant blessée. Un peu plus, un peu moins, je ne verrai pas la différence.

Mais j'ai tort. Le voyage se passe mal. Célia la blonde est déchaînée, et Valentin n'est pas en reste. En rentrant de ce voyage scolaire, mes jours ne sont plus que souffrance. J'ai mal, rien que de respirer. J'ai l'impression qu'il n'existe plus que ça : la douleur.

Et puis, quelques mois plus tard, il y a cette journée. Je mange à la cantine avec Raphaël, lorsque Célia vient nous trouver. Elle nous parle d'une colonie de vacances. Elle propose à Raphaël d'y aller, il décline. Alors elle se tourne vers moi. Je n'y crois pas… A-t-elle décidé de faire un effort ? M'apprécie-t-elle plus qu'avant ? Je ne sais pas. Mais je suis désespérée, et je suis prête à tout pour stopper ce calvaire. Si la semaine se passe bien, peut-être que les choses s'amélioreront ? Alors je prends sur moi, j'en parle à mes parents, et je finis par partir en colo avec elle. Je regrette mon acte à la seconde où le bus démarre.

« Bon, j'espère que je vais me trouver des amis, sinon je vais me faire chier avec toi. »

Bam. La désillusion a été rapide. Mais à quoi je pensais ? Suis-je vraiment aussi stupide ? Il faut le croire.

« T'es tellement grosse que ta jupe a craqué, regarde ! »

Je suis stupide, stupide, stupide. Je me hais.

« La ferme, t'es vraiment conne. »

J'encaisse en silence, mais en moi la colère gronde. Pourquoi, Célia ? Qu'est-ce que j'ai fait ? J'essaie de parler à mes amis, sans succès. Les mots sont trop durs à prononcer. Parfois je tente de leur faire comprendre que je suis blessée, par une parole ironique, par un départ prématuré dans la cour de récréation. Mes appels au secours restent sans réponse. Même pour cela, je suis nulle.

Louise

Mardi, 17 heures. Deux jours se sont écoulés depuis ma rencontre avec Maeva.

Mon fiancé est parti voir ses parents, et j'accompagne ma mère récupérer des affaires chez Liane. Le personnel des Oliviers nous a demandé de fournir des vêtements pour l'enterrement, et on a décidé d'aller les chercher ensemble. C'est difficile pour moi d'y retourner, et pourtant j'ai toujours adoré ce duplex de la rue de la Colombette, avec sa belle mezzanine en bois et ses murs rosés.

Pour être honnête, je me demande si elle m'a laissé quelque chose. Un texte, un dessin, un objet qui me permettrait de mieux comprendre son geste. J'ai tellement besoin de réponses…

Nous franchissons la porte de l'appartement en silence.

— Oh ! il y a l'odeur de Liane, s'étonne ma mère.

Nous regardons autour de nous, un peu émerveillées de nous retrouver ainsi plongées dans l'univers de ma sœur. Il y a là ses patins à glace, ses cahiers de chimie et son métronome en bois. Je m'avance tout doucement.

Le lieu est resté tel que les pompiers l'ont laissé. Sur le sol traînent encore des gants de latex et des surchaussures bleues. La fragrance de ma sœur embaume le studio. Contre toute attente, il ne s'agit pas d'une odeur aigre. Non, c'est une senteur douce et chaude. En fait, il n'y a rien d'effrayant à être ici. Je reconnais son chez-elle, ses affaires. Les livres, les vêtements, la vaisselle qui s'entasse dans l'évier.

Passé quelques minutes, je monte l'escalier de bois. Face à moi, le lit où elle est « partie ». Il s'agit en fait de mon propre surmatelas Ikea : il surplombe un autre matelas plus épais, posé à même le sol. Le revêtement du surmatelas semble marqué d'auréoles sombres. Est-ce du sang ? Un autre liquide ? Je ne parviens pas à les quitter des yeux.

Ma mère monte à son tour les marches, quelque chose crisse sous ses pieds. Je baisse les yeux. Le parquet est maculé de fleurs de lavande séchées, de tout petits grains qui parsèment le sol. Dans un coin, le coussin odorant de Liane, déchiré, bâille tristement. Je secoue la tête. Qu'est-ce qu'on aura pu se disputer pour ce coussin à l'époque où l'on vivait ensemble… Me tirant de mes pensées, ma mère ouvre le tiroir de l'armoire. C'est vrai, nous devons choisir les vêtements de l'enterrement.

Une tenue de patineuse ? Une jolie robe d'hiver ? Ma mère attrape une robe fluide au fond de la penderie. On s'interroge du regard, et c'est comme une évidence. La robe aux pivoines roses, que Liane aimait tellement. J'observe ma mère décrocher le vêtement et lisser les plis du tissu avec douceur, les yeux brillants.

— C'était mon bébé…

Le parquet grince lorsque je m'éloigne. Son deuil n'appartient qu'à elle, et sa manière de faire face est si intime que je me sens de trop, subitement. Mes pieds butent dans une boîte de sushis vide : le dernier repas de Liane. Je la ramasse, puis descends l'escalier. J'en profite pour faire un peu de ménage en bas.

Dans la salle de bains, il y a un vernis à ongles assorti à la robe. Je ne sais pas si cela se fait, d'envoyer ça à la morgue… Pour autant, Liane n'aurait certainement pas apprécié de « partir » les ongles peu soignés. En guise d'hommage, j'étale sur les miens un vernis couleur pastel déniché dans le placard.

Je m'apprête à sortir de la pièce lorsque mes yeux tombent sur de petits comprimés blancs. Mon cœur s'arrête. Près du lavabo, il y a une plaquette contraceptive à demi entamée. *Mais… si Liane avait des relations avec des femmes, pourquoi prendre la pilule ?*

— Louise ?

Je dissimule la tablette dans ma poche.

— Oui, j'arrive. Un instant !

Sans attendre, ma mère passe la tête par la porte entrebâillée.

— Maeva voudrait passer chercher des affaires à l'appartement, elle sera là dans une heure. Tu penses pouvoir rester ici pour lui ouvrir ?

— Oui, bien sûr. Mais toi, tu t'en vas ?

— Je dois aller laver les affaires de Liane avant de les apporter aux Oliviers, ça ferme à 19 heures.

— OK… Aucun souci.

La porte claque, et le calme revient. On n'entend que le petit sifflement du vent qui s'engouffre par la fenêtre cassée. C'est étrange de se retrouver dans une pièce qui renfermait il y a peu un cadavre… Pour autant, je ne suis pas troublée. Chez Liane, je me sens dans une bulle. Alors je m'obstine à me comporter comme si elle allait bien, comme si elle allait revenir, d'une minute à l'autre, avec un sachet de croissants.

Je chuchote :

— Voilà, c'est ça. Elle va revenir, elle va rentrer bientôt.

Les yeux me piquent. Je ravale mes larmes et je lui fais sa vaisselle.

Liane

Extrait du « Carnet de bord des derniers jours » de Liane.

« J'espère juste ne pas trop souffrir. Physiquement, je veux dire. C'est surtout cela qui me fait peur. S'il y a une chose qui serait pire que la mort, et pire que la situation que je vis actuellement, ce serait de finir en légume. »

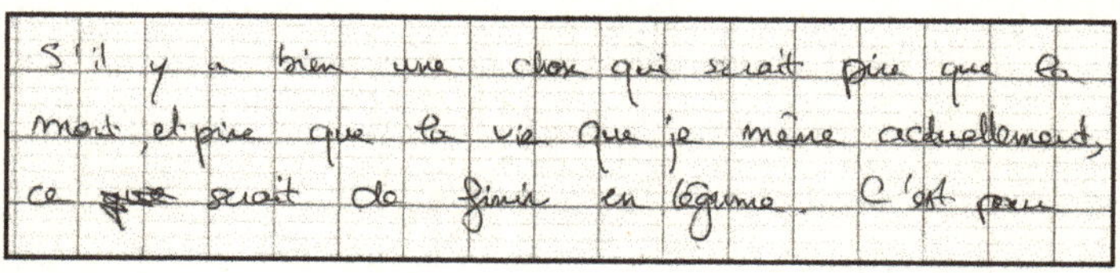
S'il y a bien une chose qui serait pire que la mort, et pire que la vie que je mène actuellement, ce ~~qui~~ serait de finir en légume. C'est pou

Louise

Il y a un tintement à l'extérieur, un grincement de portail, puis des pas dans l'escalier commun. Je devine que c'est Maeva, et j'abandonne la vaisselle.

Deux coups rapides sur la porte.

— Bonjour, Louise ! Je te rassure, je n'en ai pas pour longtemps. J'ai juste deux ou trois trucs à récupérer.

Elle réajuste ses cheveux malmenés par le vent.

— J'ai pris ce qu'il faut, ajoute-t-elle en désignant son large sac Quechua.

Posée sur le sofa, je la regarde rassembler ses affaires.

— Tu cherches quelque chose de particulier ?

— Oui, j'ai besoin de retrouver les téléphones portables de Liane. Elle en avait deux. C'est important…

Elle commence à soulever les matelas et à vider des sacs énergiquement, tout en s'adressant à moi. Chaque recoin de l'appartement y passe. Elle y met l'énergie du désespoir, et je finis par comprendre que nous avons, chacun de nous, une façon très personnelle de réagir au deuil. À cet instant, la douleur de Maeva semble ne répondre à aucune logique. Sans faire de manières, elle retourne méthodiquement tout l'appartement. Moi, je n'ose pas protester : je la connais à peine, et elle a l'air si malheureuse. Depuis le vieux sofa du salon, je l'observe sans mot dire.

Je suis fascinée par son acharnement. La jeune femme renverse tous les tiroirs sur le sol. Elle en a les mains qui tremblent, le souffle court. Finalement, elle se laisse retomber près de moi. Terriblement déçue.

— Tu sais, Maeva, on finira par mettre la main dessus. Ils doivent bien être quelque part, ces portables…

— Non, mais tu comprends pas. Je dois vraiment vérifier quelque chose, c'est urgent.

Elle soupire.

— Ta sœur m'avait parlé d'un truc la semaine dernière…

— Quoi donc ?

— Écoute, c'est compliqué. Je dois y réfléchir, on en rediscutera.

J'ai beau insister, rien n'y fait. Une vraie tête de mule. Elles s'étaient bien trouvées. Liane avait le même caractère… De mon côté, je n'ai pas dit mon dernier mot : je finirai bien par la faire parler.

Ce soir-là, je rentre à pied en longeant le canal du Midi. Je vais dormir chez ma mère, qui habite rue Montor, près de la gare de Toulouse Matabiau. La nuit est belle, la lune est haute. Sur l'eau, les platanes se réverbèrent, et leurs reflets se mélangent. En marchant, j'écoute le silence, à peine troublé par l'écho de mes pas sur les dalles.

L'homme

Il s'approche du parapet et entrouvre son blouson. Les abords du canal sont déserts. C'est le moment. De sa veste, l'homme sort deux portables. Il doit agir vite, il ne s'agit pas de se faire prendre. Il retient les téléphones au-dessus de l'eau. Sa main tremble un peu. Il y a un claquement, des bruits de pas. Panoramique oculaire :

quelqu'un arrive. Il n'a plus le temps. L'homme remet les portables dans sa poche et disparaît dans la nuit.

Louise

Trois jours se sont écoulés. J'ai dû faire mes adieux à James qui est rentré à Singapour pour le travail. Depuis, j'ai tenté de voir des amis, de me changer les idées, mais les paroles de Maeva me reviennent sans cesse en tête. Je ne comprends toujours pas ce qu'elle voulait vérifier sur les portables de ma sœur.

Terriblement frustrée, je sors dans le jardin. Je marche un peu sous les arbres. Elle affirme que Liane se sentait suivie… Mais par qui et pourquoi ? J'ai la nette impression que cette fille me cache des choses. Je m'assieds sur le talus. Une petite brise souffle doucement. Elle m'a parlé de harcèlement scolaire… J'ai franchement du mal à intégrer l'information. Si Liane avait été harcelée, je m'en serais rendu compte, non ? En plus, Maeva n'a aucune preuve…

J'attrape un brin de lavande, le fais tournoyer. Le parfum de la fleur violacée emplit mes narines, affole mes pensées. J'ai été scolarisée dans le même établissement que ma sœur. Y a-t-il eu un détail qui aurait pu m'aiguiller à l'époque ?

Depuis la poche de mon jean, une sonnerie s'élève et interrompt mes réflexions. Un nom s'affiche à l'écran : Maeva.

— Salut, Louise ! C'est à propos de Liane, je me demande s'il n'existe pas un moyen d'en savoir plus.

— Sur les raisons de sa mort ?

— Oui…

— C'est-à-dire ?

— J'ai peut-être une idée. Je crois qu'il existe une façon de découvrir ce qui est réellement arrivé à ta sœur. Il y a juste un problème… ce n'est pas très légal.

— Je ne comprends pas, qu'est-ce qui serait arrivé à ma sœur ?

— Je ne sais pas trop comment te le dire… Écoute, est-ce que tu pourrais passer chez moi en fin de journée ? J'habite Bellevue, je t'envoie l'adresse. On parlera.

Je raccroche, perplexe. Mais à quoi joue-t-elle ? Je lâche ma tige de lavande, qui s'envole un peu plus loin.

20 heures. J'arrive à la cité universitaire Ponsan-Bellevue. Je ne suis pas très à l'aise, mais quelque chose me pousse à venir. Maeva, vêtue d'une veste rouge, m'attend adossée à une barrière de métal. Elle se redresse en me voyant approcher.

— On y va ?

La jeune femme marche vite, je peine à la suivre. Elle grimpe l'escalier quatre à quatre, tout en m'indiquant qu'elle va déménager. Que c'est son dernier mois dans cet appartement. Qu'il y fait froid, qu'elle n'aime pas le papier peint et qu'elle déteste ses voisins. Incrédule, je l'écoute me détailler à une vitesse folle tous les aspects de son logement. Elle poursuit un instant son monologue, puis brusquement elle pile, se retourne et plante le regard dans le mien. Ce revirement sort de nulle part.

— Tu vois, j'avais prévu de déménager dans le centreville très bientôt. Ça aurait été plus pratique pour voir Liane.

Elle pousse un long soupir, mais ne pleure pas. Je me force à garder contenance.

Maeva déverrouille la porte et s'écarte pour me laisser passer. Chez elle, c'est petit, rangé, décoré. Un large comptoir sépare l'espace salon de la cuisine. Au fond, une fenêtre à guillotine aux lourds rideaux blancs et, sur la droite, un bureau Ikea surmonté d'une photo de Liane. Mon attention s'échappe. *Comme ma sœur était jolie…* Mais je me reprends.

— Bon, Maeva, il va falloir tout m'expliquer maintenant. Tu sais, on était très proches avec Liane… Et là, je découvre tellement de choses sur ma sœur qu'elle ne m'a jamais confiées.

Je me laisse tomber sur le canapé.

— C'est profondément déstabilisant pour moi. Vraiment, je le vis mal. Alors ça m'aiderait qu'au moins tu partages ce que tu sais. C'est quoi, cette idée dont tu parlais au téléphone ? Et pourquoi ce serait illégal ?

Maeva détourne le regard, l'air gêné. L'espace d'un instant, je crains qu'elle ne se referme et ne me dise rien. Finalement, elle s'avance et joint les deux mains.

— Écoute… La vérité, c'est que, depuis le début, j'ai l'impression que quelque chose ne colle pas. Ces portables disparus, ça a juste été la goutte d'eau. Alors j'ai commencé des recherches, en parallèle de la police. Si quelqu'un a fait du mal à Liane, je voudrais pouvoir l'identifier. Lui donner un visage. Porter plainte même, peut-être.

Je pâlis. Comment ça, « fait du mal » ? D'un naturel désarmant, Maeva ajoute :

— Et comme je ne suis pas arrivée à retrouver les téléphones portables j'ai piraté les codes de ta sœur. Je peux aller sur sa boîte mail pour lire ses messages. Tu voudrais les regarder avec moi ?

Les mots me manquent. Une partie de moi s'offusque de son culot, je voudrais lui dire de laisser les morts tranquilles, de tourner la page. Mais une autre partie meurt d'envie de savoir.

Il y a un bruit, un coup de vent fait trembler la fenêtre et, juste sous la vitre, le petit portrait de Liane semble attendre ma réponse. Maeva croise les bras.

Je reprends à voix basse :

— Et tu serais capable de faire ça ? Fouiller ses courriers privés ? Parce que, tu sais, on risque de tomber sur des trucs intimes…

— Ou de trouver des choses qui ne vont pas nous plaire. Oui, je me doute. Eh bien, tant pis.

Elle s'accroupit face à moi et pose les mains à plat sur ses genoux. Son regard est sombre, déterminé. Presque inquiétant.

— Je suis prête à tout pour Liane. Pas toi ?

Liane

Extrait d'un texte de Liane, retrouvé dans son ordinateur.

Il n'y a que dans les livres que les victimes sont sauvées, et les coupables punis. La vie, la vraie, en décide souvent autrement.

Louise

Je dois avoir l'air perdue, parce que Maeva me propose d'y réfléchir. Elle contourne le comptoir américain, passe en cuisine et nous prépare deux sandwichs. En rinçant son couteau dans l'évier, elle me parle d'Anne Frank :

— Son journal intime à elle, tout le monde l'a lu, non ?

Cette jeune femme semble n'avoir aucun complexe, je ne voudrais pas la vexer. Pourtant, j'ai l'intime conviction que ce serait une mauvaise idée, de consulter les mails de Liane. C'est trop privé. Alors j'ose une légère protestation :

— Je crois que pour Liane c'est différent. Nous ne sommes pas en guerre…

Ma phrase s'éteint dans un souffle. Ce qu'on s'apprête à faire, c'est clairement immoral.

Sans répondre, Maeva repasse au salon. Elle pose les deux assiettes sur la petite table, le regard neutre, droite comme un I. Son attitude me paraît étrange, et je me demande si c'est dû aux médicaments qu'elle prend. Après tout, elle aussi est une patiente du centre... Maeva ne touche pas à son sandwich, moi non plus. Le vent qui s'immisce sous la porte laisse échapper une longue plainte.

Calmement, elle déclare :

— Bon, Liane n'est pas morte d'un cancer. Alors, réfléchis. Et si quelqu'un lui avait fait du mal ?

Pourquoi insiste-t-elle là-dessus ? Qu'en sait-elle ? J'ai des difficultés à contenir mon agacement.

— Je ne sais pas...

— Et si d'autres femmes étaient concernées ?

Je la dévisage. Je sens qu'elle a un truc en tête, et je ne lui fais pas confiance. En même temps, elle côtoyait ma sœur au quotidien, et moi non. Je me mords la lèvre. Pour obtenir son aide, je vais devoir jouer le jeu.

— Bon, OK. On va regarder les mails ensemble. Mais juste quelques minutes...

Comme si elle s'y attendait, Maeva attrape son ordinateur. Elle déverrouille la boîte mail de Liane et, côte à côte, nous parcourons les messages de notre belle disparue.

Au début, il y en a des sympas : Liane est invitée à des crémaillères, à des concerts, des voisins lui proposent de déjeuner… Puis les mails s'enchaînent, et les premiers mots méchants sont prononcés. Certaines moqueries sont vraiment agressives, surtout celles d'une dénommée Célia. Je découvre l'ampleur du problème et je suis sidérée par les insultes que ma sœur recevait. « Sale homo, traînée, tête d'intello… » Je m'adosse au canapé, un peu sonnée. Liane a vraiment vécu ces horreurs-là, alors ? Juste sous mon nez ?

Je replonge dans la lecture. Une heure passe, puis trois, puis cinq. Nos cernes se dessinent, puis se creusent. Dehors, la nuit est sombre et froide. On entend un volet claquer, quelque part, au loin.

L'homme

Ni Louise ni Maeva ne pensent à regarder par la fenêtre. Mais si elles l'avaient fait, elles auraient certainement remarqué la voiture noire garée sur le parking presque désert en contrebas.

C'est une belle voiture. Une Bentley Bentayga, intérieur cuir, entretenue avec soin. Dans l'habitacle, l'homme a laissé la lumière éteinte par souci de discrétion. Le véhicule reste immobilisé pendant une vingtaine de minutes. Finalement, il démarre et repart vers la ville.

Les jeunes femmes n'ont pas levé les yeux de leur écran.

Liane

Extrait d'un texte de Liane, retrouvé dans son duplex.

« Tu essaies de comprendre, il ne faut pas. Tu trouveras du sens, de l'ordre, plus tard. Laisse-toi porter. »

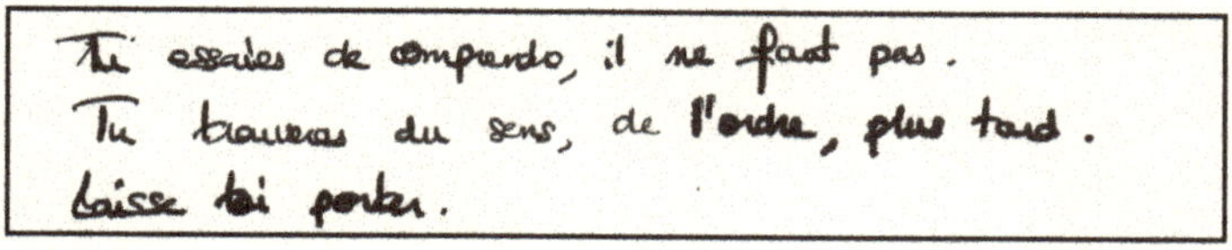
Tu essaies de comprendre, il ne faut pas.
Tu trouveras du sens, de l'ordre, plus tard.
Laisse toi porter.

Louise

2 heures du matin. Maeva met en route la bouilloire, puis me rejoint sur le canapé.

— Souvent, quand Liane sortait le samedi soir, je n'étais pas avec elle.

— Ah bon ? Pourquoi ?

— Ben tu vois, sortir, ce n'est pas trop mon truc, je suis pas très à l'aise avec les gens… Alors en général, Liane me rejoignait chez moi après. Elle aimait danser en boîte, et quand elle revenait elle avait toujours sa façon de me faire partager sa soirée. Elle me montrait des photos, ou elle me refaisait les blagues. C'est marrant, parce qu'elle allait toujours discuter avec les gens les plus timides, et elle les observait tellement bien qu'elle pouvait ensuite me les décrire en détail. Et moi, quand je l'écoutais parler, ben c'est bête, mais j'avais l'impression d'être aussi allée danser... Du coup, je me sentais moins seule.

Elle sourit en y repensant.

— Quand on était au centre, c'était pareil. Elle avait toujours un truc à me raconter. Moi, j'aurais pu l'écouter des heures... J'adorais cette petite moue boudeuse qu'elle faisait toujours quand quelque chose lui déplaisait, et les échos graves de sa voix quand elle était fatiguée. Et puis, on avait nos habitudes... On s'était trouvé un endroit secret, rien que pour nous.

— Quel endroit ?

— Un petit renfoncement, dans l'escalier en colimaçon du centre... En vrai les patients n'ont pas vraiment le droit de s'isoler dans l'escalier, c'est interdit, mais on y allait quand même quand on voulait un peu d'intimité...

— Il n'y avait pas du personnel pour vous encadrer, là-bas ?

— Si, bien sûr. Jour et nuit, d'ailleurs. Enfin, pour l'instant. Certains patients restent au centre dormir sur place, mais la branche qui assurait le suivi de nuit va devoir fermer, par manque de personnel. Une histoire de réduction des coûts.

Elle reprend son MacBook.

— Tu vois, si on va sur Google, on trouve encore de nombreux sites de défense du centre, qui ont lancé un appel à signer des pétitions pour soutenir celui de Toulouse.

À plusieurs reprises, le contact de la pétition est l'adresse d'une « Pauline Gérand ». Ce nom m'interpelle : je l'ai déjà vu dans les mails de Liane. D'ailleurs, elles avaient l'air de se connaître. Si je me souviens bien, leurs conversations étaient particulièrement personnelles.

— Et cette Pauline, c'est qui ? Une fille de sa classe ?

Une fois n'est pas coutume, Maeva ne sait pas.

Liane

Extraits de mails entre Liane et Pauline.

De : Liane Martin ([redacted])
Envoyé : dim. 21 octobre 2017 à 17:21
À : Pauline Gérand (pauline.gerand@gmail.com)
Objet : Re :
J'ai eu ton texto. Appelle-moi ce soir, je serai au centre :)
Bisous, je t'aime <3

De : Pauline Gérand (pauline.gerand@gmail.com)
Envoyé : dim. 21 octobre 2017 à 20:03
À : Liane Martin ([redacted])
Objet : Re :
Et toi ? Raconte-moi :)
Et passe chez moi quand tu veux <3 Y a du chocolat chaud ;)
Je t'aime <3

—

Pauline Gérand

IED Advanced Master Student

Graduated in Master in International and European Law

Speciality : Private International Law

10, esplanade Compans-Caffarelli 31000 Toulouse

Pauline.gerand@iut-capitole.fr/pauline.gerand@gmail.com

Louise

— Maeva… Attends. Je crois qu'il y a un problème…

Maeva fait défiler les mails de Pauline Gérand sur son écran.

— Où ça ?

Je pointe du doigt.

— Regarde, là… Tous les messages de Pauline s'achèvent par une signature électronique automatique.

Elle se concentre.

— Et donc ?

— Elle m'intriguait, cette signature. Elle m'était familière… Et je crois que je viens de comprendre. En fait, la signature en fin de mail, c'est la mienne.

C'est la vérité. Même police de texte, mêmes espaces, mots similaires. Maeva accuse le coup.

— Mais… c'est toi qui écrivais ces mails ? Sous le nom de Pauline ?

— Pas du tout ! Je ne connais pas cette Pauline. En revanche, je suis certaine que c'est mon format de signature.

— Comme si quelqu'un l'avait copié-collé, puis modifié ?

— Exactement.

On se regarde. Par acquit de conscience, Maeva tape « 10, esplanade Compans-Caffarelli » sur Google. À croire que ses mains volent sur le clavier, tellement les pages s'affichent rapidement. Et on doit se rendre à l'évidence : l'adresse est bidon, aucune école de droit ne s'appelle l'IED Toulouse… Pauline Gérand n'existe pas.

Je peine à reprendre mon souffle.

— Pourtant, il y a des centaines de messages envoyés depuis l'adresse de Liane vers Pauline…

— Ne t'en fais pas. Je suis sûre qu'on va trouver une explication, affirme Maeva.

Elle remonte l'historique des mails. Y découvre l'adresse de récupération du compte de Pauline. Qui n'est autre que le mail de Liane. Le contact téléphonique de récupération du compte de Pauline est également le numéro de Liane. *Oh non, c'est pas possible…* Pauline Gérand, c'est forcément Liane elle-même.

Je souffle :

— Mais enfin… à quoi il sert, ce faux compte ?

Les dents serrées, Maeva lâche à voix basse :

— Regarde… Si je clique sur les messages envoyés, là… c'est comme de vraies conversations.

— Alors… Liane s'écrivait à elle-même, sous une fausse identité ?

— On dirait. Et ensuite elle se répondait.

Mon ventre se tord, mes mains transpirent. Pour la première fois, j'envisage que ma sœur était réellement malade. Quelque chose de grave. Un vrai et sérieux dédoublement de la personnalité. Une voix intérieure me rappelle cette phrase que j'ai lue il y a bien longtemps : *La schizophrénie touche 0,01 % de la population française.*

Lentement, Maeva reprend la parole. Elle me dit que le harcèlement scolaire peut avoir des conséquences durables. Qu'il provoque souvent des troubles du comportement ou des troubles psychiques. Que Liane voyait de nombreux docteurs : des sophrologues, des magnétiseurs, des psychiatres. Elle mentionne une visite chez un sexologue, récente, qui se serait mal passée. Finalement, elle se tait. Les larmes coulent, transparentes, silencieuses.

Liane

Extrait d'une nouvelle inachevée de Liane, retrouvée dans son ordinateur.

Je suis montée dans cet arbre, avec l'espoir que, là-haut, ces adolescents cruels n'existeraient plus. Le vent ami a soufflé. Seul le contact de mes pieds nus avec une branche de l'arbre me rappelait la réalité. J'aurais pu croire, autrement, que je me trouvais dans les airs. J'ai respiré, inspirant le vent, expirant le vent. Si mes souvenirs n'étaient pas là pour me le rappeler, j'aurais pu me persuader qu'ils n'avaient jamais existé.

Louise

Maeva propose de me raccompagner. La Clio blanche s'engage dans des ruelles qui me sont familières et se gare devant la maison aux lavandins. À l'intérieur, tout est calme. L'atmosphère chaleureuse de la pièce m'incite à allumer la bouilloire. Maeva tire une chaise, pose sa veste à côté d'elle. Pendant quelques instants, elle pense à voix haute, et je n'ose pas l'interrompre. Puis la bouilloire siffle doucement, et je verse l'eau dans la théière.

Mon père nous entend et nous rejoint. Il se prépare des tartines de beurre salé avec du miel. Vingt ans qu'il se fait le même petit déjeuner... En servant le thé, je lui résume nos découvertes de la nuit. Le harcèlement, les messages affreux que des élèves envoyaient sur Internet. Nos doutes quant au vrai motif du suicide de ma sœur. Maeva renchérit en lui montrant les mails de Liane vers Pauline, et je finis par conclure :

— Eh bien, cette Pauline, en fait c'est Liane !

Mon père ouvre de grands yeux.

— Ah bon ? Mais tu crois qu'elle était malade ?

— C'est ce qu'on se demande. En tout cas, moi je suis persuadée qu'elle « devenait Pauline » pour fuir quelque chose.

Plus on en parle dans la cuisine et plus l'idée s'impose à moi. *Et si ma sœur était différente de ce que je croyais ?* J'examine rapidement toutes les options, mais je ne vois qu'un moyen d'en avoir le cœur net : confronter les psychiatres qui suivaient Liane. Oui, c'est ce que je vais faire. Un rapide coup d'œil aux documents m'informe du nom de son principal soignant et me conforte dans mon impulsion : il va falloir aller au centre.

Je me démène pour convaincre mon père et Maeva de venir avec moi. Maeva connaît bien le centre. Elle sera d'une aide précieuse pour échanger avec le personnel, et mon père me semble plus légitime que moi pour réclamer des comptes sur le traitement de sa fille. Je tremble à l'idée de découvrir le pire… Si tant est que le pire pointe le bout de son nez. Mais qu'il y ait ou non quelque chose à savoir, je ne peux pas rester les bras croisés.

Si ma soudaine détermination a l'air d'étonner Maeva, mon père en revanche a l'habitude de mon caractère souvent spontané, parfois irréfléchi. Ce caractère qui m'a valu tant de problèmes quand j'étais jeune. Quelques minutes plus tard, nous abandonnons le petit déjeuner à peine entamé sur la table et quittons la maison d'un pas décidé.

Liane

Poème de Liane, date inconnue.

Donne-moi ton caractère… Et observe ton reflet. Je m'adapte aux personnes avec qui je suis. Je peux aimer une chanson un instant, puis la détester quelques minutes après… Je suis capable de t'adorer, puis de te haïr, sitôt ton dos tourné… Je module ma réalité, pour diminuer la différence.

Louise

Une brise chaude souffle sur Toulouse. À pied, nous longeons le bâtiment du centre avant de traverser la ruelle pavée. Maeva s'arrête devant une porte de bois. Sous la sonnette, une étiquette blanche indique : *C'est ici.* On croirait une maison individuelle. Pourtant, à l'intérieur, c'est bien un centre de soins, aux murs clairs et à l'éclairage tamisé.

Le personnel semble surpris de nous voir arriver sans rendez-vous, mais la directrice nous reçoit.

— Mes condoléances.

D'un geste, elle nous invite à nous asseoir. D'emblée, elle ne m'inspire aucune sympathie. Elle a l'allure d'une institutrice sévère, avec son visage émacié et son air pincé. Elle ouvre sur son bureau un épais carnet de cuir et le parcourt des yeux. De son gilet trop court dépassent des bras maigres et nerveux.

— Liane Martin était une patiente régulière de notre centre depuis quatre ans. Elle avait été aiguillée par le centre médico-psychologique de Saint-Orens.

Elle étudie un moment le carnet devant elle, avant d'ajouter :

— La patiente était suivie ici à raison de deux entretiens par semaine, parfois trois. Je dois vous indiquer qu'elle a eu une longue période d'absence l'an dernier, pendant laquelle le centre est resté sans nouvelles. Nous avons repris son suivi en janvier.

Je baisse la tête. Des rendez-vous trois fois par semaine ? Visiblement il y a beaucoup de choses que je ne savais pas sur ma sœur… La directrice tourne plusieurs pages.

— Elle avait développé des troubles psychologiques sérieux, qui faisaient suite à des violences scolaires qu'elle nous a décrites lors de ses entretiens ici, au centre. Récemment, elle a déclaré avoir aussi subi des agressions à caractère sexuel.

Elle se tait. Ma jambe tremble un peu.

— Alors Liane a vraiment été agressée ? Et elle vous a parlé de son agresseur ?

— Sachez que je ne peux rien vous communiquer de plus sans l'accord du médecin. Je formulerai cette demande et je reviendrai vers vous en temps voulu.

Sans lever les yeux, et sans rien ajouter, la directrice ferme son carnet d'un geste sec. Je sursaute. Elle ne s'en sortira pas comme ça.

— Mais vous ne pouvez pas refuser de nous parler ! Vous avez une responsabilité dans tout ça !

Mon père se lève. Une colère froide et sourde paraît monter en lui. Lentement, il pose les mains sur le bureau en articulant avec une brutalité contenue :

— Ma fille a été agressée, et personne ne nous a prévenus ? Vous avez appelé la police, au moins ?

— Calmez-vous, monsieur. Au centre, nous respectons le secret professionnel, comme dans tous les instituts médicalisés. Comprenez bien que je ne suis pas autorisée à vous dire quoi que ce soit. Le médecin en charge de son suivi vous contactera d'ici quelques semaines. Il vous parlera du dossier.

Les doigts de mon père se crispent sur la table. Je ne l'ai jamais vu ainsi, il semble sur le point d'exploser. Levant un bras, je tente d'attirer l'attention de la femme.

— La semaine prochaine, je serai déjà repartie en Asie. Mon avion décolle demain soir. Je ne pourrai pas revenir avant longtemps…

Je me penche en avant et je lis quelque chose dans son regard, comme de la peur. La question m'échappe des lèvres :

— Ma sœur avait-elle des raisons de se sentir menacée ?

— Je ne peux rien vous dire.

Du plat de la main, je frappe le bureau.

— Mais enfin, on est de sa famille ! On n'a rien le droit de savoir !

— Je ne suis pas autorisée à vous parler sans l'accord écrit du médecin, mademoiselle.

Puis sans ménagement elle nous met tous à la porte.

Le couloir accueille notre désarroi. Mon père fixe l'horizon devant lui, Maeva est visiblement très secouée. Je marche un peu à l'écart. Pourquoi Liane aurait-elle raconté son agression au centre, sans pour autant porter plainte au commissariat ? Et surtout sans m'en parler… Je ne la comprends plus.

Liane

Transcription d'un entretien au centre de soins, tapée par Liane elle-même.

J'entrai dans la salle d'étude du centre puis je m'assis, un peu essoufflée. Nicolas, mon infirmier, fit de même. La discussion démarra comme d'habitude, centrée sur mon humeur du moment.

J'expliquai à Nicolas que je me sentais déprimée. Que j'avais du mal à faire les actes du quotidien qui tapissent les journées des gens qui vont bien. J'avais du mal à me lever, à faire les courses, à sortir de chez moi… Que les années de harcèlement scolaire prenaient toute la place dans ma tête. Il commenta, puis passa à la question qu'il m'avait posée la dernière fois.

— Qu'est-ce qu'aimer ?

— Pour moi, aimer, c'est aimer l'autre, en entier. Je n'ai pas trouvé mieux comme définition. C'est aimer l'autre, sans considérer ses défauts et ses qualités, ce qu'il peut nous apporter ou ce qu'il peut nous enlever. Juste, aimer l'autre.

— Et vous, vous aimez ?

— Bien sûr, j'ai aimé beaucoup de gens. Ma famille, mes amis…

— Ah, donc il y a plusieurs sortes d'amour ?

— Oui, il y a l'amour amoureux, l'amitié, l'amour parental…

— Et cet amour parental, il est inconditionnel, comme les autres ?

— Pour moi, normalement oui. Les parents sont censés aimer et soutenir leurs enfants inconditionnellement. Après, parfois la réalité est différente.

— La réalité ou votre réalité ? demanda Nicolas, conscient des reproches qui transparaissaient en filigrane dans mes mots.

— Ben, ma réalité est la réalité. Mes parents ne me soutiennent plus, c'est réel.

— Pourtant, nous, on a appris à la synthèse d'hier que votre père vous voyait régulièrement.

Instant de choc. Comment ont-ils eu cette information ? En bredouillant, je demandai :

— Il a dit ça à quelqu'un ?

— Oui.

— À l'infirmière de mon lycée ?

— Oui.

La réponse était volontairement courte. Il voulait voir comment je réagissais à la nouvelle, sans m'apporter de plus amples informations sur lesquelles j'aurais pu rebondir. C'était un test. Purement et simplement un test.

— Mais… C'est… C'est pas vrai ! Je… Et vous l'avez cru ? Vous avez préféré croire ça plutôt que me croire ?!

— Vous êtes une patiente, et l'infirmière de votre lycée est une professionnelle, répondit Nicolas, toujours d'un ton égal. Oui, on se pose des questions.

Ma question était rhétorique – évidemment qu'ils avaient des soupçons –, mais je l'avais posée pour gagner du temps. Mon cerveau fonctionnait à mille à l'heure. Comment réagir ? S'énerver trop vite serait propice aux doutes sur mon honnêteté, mais être trop calme ne serait pas non plus naturel. Et un temps de réflexion trop long lui montrerait que je n'étais pas spontanée, ce serait tout aussi mauvais. Il me fallait une réaction sincère et rapide.

Comme mon histoire n'était qu'un demi-mensonge et se basait sur la réalité, je décidai de laisser parler mon cœur, en faisant attention à ne pas m'emporter trop vite. Être offusquée, mais en restant ouverte.

— Vous êtes en train de me traiter de menteuse ?

— Pas de menteuse, corrigea-t-il calmement. Un menteur sait qu'il ne dit pas la vérité, il la cache volontairement et consciemment. Vous n'êtes pas une menteuse si c'est votre réalité. C'est pathologique.

— C'est la réalité tout court ! C'est pas possible, comment pouvez-vous douter d'une chose pareille ?

Je me demandai s'il avait conscience de la tempête qui grondait sous mon crâne. Sans doute. Mais avec un peu de chance, il mettrait ça sur le compte de l'énervement, et pas du mensonge.

— Liane, ne soyez pas étonnée, on a toujours douté de la véracité de vos propos. Des parents qui laissent leur enfant seule, comme ça, pendant plus d'un an, on n'a jamais vu ça.

— Non, mais… mais… mais c'est incroyable… C'est juste incroyable. Alors quoi, j'ai tout inventé, c'est ça que vous croyez ? Mais je ne mens pas, c'est la réalité ! m'écriai-je, au bord des larmes.

— Ça aussi, c'est pathologique.

— Mais c'est quoi ça, tout ce que je dirai pour vous contredire sera pathologique ?

— Oui.

— Donc vous avez toujours raison et moi toujours tort ?

— Oui.

— Et vous ne pouvez pas imaginer une seule seconde que vous vous trompez ?

— Non.

— Bordel, mais c'est aberrant ce que vous me sortez là, Nicolas. Je suis déprimée, mais saine d'esprit, je ne suis pas en train de délirer ou d'halluciner, c'est vrai ce que j'ai vécu, et c'est vrai ce que je vous raconte !

Silence.

— Alors laissez-nous téléphoner à vos parents, comme ça on en aura le cœur net.

— Je vous ai déjà dit non, répondis-je d'un ton sans appel.

— Non mais, Liane, vous avez conscience que si on était devant des juges, dans un tribunal, vous iriez directement en prison avec ce genre de réponses ?

— Je vous ai déjà dit que je ne voulais pas, je ne peux pas les affronter, j'ai besoin de me protéger d'eux !

— Ah oui, parce qu'ils vous tueraient, me lança-t-il, ironique.

— Non, mais moi je réagirais mal. Je le sais, ça s'est déjà passé.

— Ce n'est pas pareil, vous n'êtes pas face aux mêmes personnes. Laissez-nous appeler vos parents et prouver que vous ne mentez pas.

— Écoutez, la dernière fois que mes parents ont été mis au courant, j'ai fait une TS[1]. Si vous voulez que je recommence, allez-y, mais vous jouez avec ma vie, là ! déclarai-je, tremblante de tension et d'énervement.

Mes réactions n'étaient pas simulées ou calculées à ce propos. Je ne pouvais vraiment pas supporter que mes parents aient des contacts avec l'infirmière de mon lycée,

1. Tentative de suicide.

et encore moins avec le centre. Je sentais que j'étais sur le point d'exploser.

— Encore une fois, on est psy, on n'est pas votre lycée, et votre TS, vous l'avez faite quand vous aviez quatorze ans.

— Non, j'en ai fait d'autres, répliquai-je, le visage fermé.

Le petit silence qui suivit m'indiqua que j'avais bien fait de délivrer l'information à cet instant de la discussion. Les TS étaient des actes importants, et il était d'usage de faire attention quand on en parlait avec les patients. Cela ne devait pas être tabou, au contraire, mais les infirmiers savaient que la charge émotionnelle qui venait simultanément était loin d'être facile à gérer. Nicolas allait devoir conduire le reste de l'entretien en prenant en compte cette nouvelle donnée. Il s'était trompé d'ailleurs, j'avais douze ans quand j'ai essayé de me suicider la première fois. Un an après mes vacances en Grèce. Mais avec l'agitation générale, je lui pardonnai cette erreur.

— C'est différent, cette fois, reprit-il d'un ton plus calme et plus posé. On a l'habitude de ce genre de rencontre, vous êtes entourée de médecins et d'infirmiers, on sait ce qu'on fait.

— Même. C'est trop dangereux, Nicolas. C'est trop risqué.

Les larmes coulaient sur mes joues sans que je m'en rende vraiment compte.

— Ce que vous devez comprendre, c'est que, nous, on n'a pas peur du risque. On est prêts à le prendre, parce qu'on sait qu'on pourra gérer les conséquences derrière. Et on ne vous laissera pas seule une fois que ce sera fait. Parce que c'est ce qu'il a dû se passer la dernière fois, non ? L'infirmière du lycée a dû parler à vos parents et vous a laissée toute seule pour gérer le reste ?

J'acquiesçai sans rien dire. Je n'avais jamais pensé à ça, mais il était dans le vrai.

— Nous, on ne fera pas ça, Liane, continua-t-il.

— C'est trop dangereux. Vous ne pouvez pas faire ça. Vous ne pouvez pas.

Mon entretien avec Nicolas se termine peu après. Mon cerveau est toujours en ébullition. Cet entretien, c'était quitte ou double. Soit il m'avait démasquée, et c'était fichu pour de bon, soit il avait fini par me croire, et je gagnais encore en crédibilité.

Le problème était que je ne savais pas à quelle conclusion il en était arrivé. Je l'avais observé tout au long de l'entretien, j'avais été aussi attentive que possible à ses réactions et à leurs significations, mais il était suffisamment doué pour afficher une attitude neutre et ne pas laisser transparaître le fond de sa pensée.

Malgré tout, cet entretien m'a chamboulée. La plupart des souvenirs du lycée étaient trop douloureux pour que je puisse les évoquer stoïquement. Je cherchai alors du réconfort et trouvai Maeva sous l'escalier, en train de fumer. Voyant ma tête décomposée, elle me prit dans ses bras.

Il faisait froid, mais cela m'importait peu. J'avais du mal à intégrer tout ce qu'il s'était passé. J'avais l'impression que mon cerveau était débordé, qu'il y avait trop d'informations d'un coup. Nicolas descendit me voir à ce moment-là.

— Vous voulez venir manger ? me demanda-t-il, gentiment.

— Non, merci.

Je fixai les graviers au sol. J'étais trop mal pour le regarder en face.

— Il y a assez de repas pour vous si vous voulez. C'est steak-frites aujourd'hui, profitez-en.

— Non, merci, je n'ai pas faim, répondis-je sans trop de conviction.

Ce n'était pas vrai, j'étais affamée, n'ayant pas mangé depuis la veille.

— Vous allez rester ici, dans le froid ? insista-t-il.

— Je vous avoue que ça ne va pas vraiment…, déclarai-je, la voix tremblante.

À ces mots, ma bouche se déforma, et les larmes recommencèrent à couler.

— Je sais bien. C'est normal. C'est pour ça que je vous propose de venir. C'est nous qui vous montrons qu'on ne vous laissera pas tomber. Vous pouvez tout à fait rester manger ici ce midi et ce soir.

Voyant mon état, Nicolas s'assit à côté de moi sous l'escalier et fit signe à Maeva de nous laisser.

— Liane, regardez-moi, me dit-il calmement.

Je le regardai un instant puis détournai le regard, cherchant ma respiration. Je voyais mal et j'avais des fourmis dans les doigts. Je savais que c'étaient les signes d'une crise d'angoisse.

— Regardez-moi. Regardez-moi, Liane. Liane.

Je fis un effort pour le fixer dans les yeux.

— Liane, vous avez le temps. Vous avez le temps, me répéta-t-il. Vous avez le temps pour digérer tout ce qu'il s'est dit, d'accord ? On vous laisse le temps. On n'appellera pas vos parents sans votre autorisation, ne vous en faites pas pour ça. On n'appellera pas vos parents si vous n'êtes pas d'accord, pour moi c'est clair et net.

C'était une bonne chose, mais je n'arrivais pas à me calmer pour autant. J'oscillais entre la panique et les pleurs.

— Pourquoi… mon père…, commençai-je, entre deux halètements.

— Pourquoi votre père a dit ça ? finit Nicolas à ma place. Je ne sais pas, je ne le connais pas. En tout cas, ce qui est sûr, c'est qu'on attendra que vous soyez prête pour essayer de les contacter. Et ce qui est génial – et vous savez que je le pense, vous savez que je ne dirais pas ça si je ne le croyais pas –, ce qui est génial, c'est que tout à l'heure vous nous avez confié que pour vous, la parole est meurtrière. Pour vous, la parole est synonyme de mort, comme vous l'avez si bien dit. Et ça peut nous permettre de comprendre pas mal de choses, ça. On va essayer de vous montrer que la parole peut aussi guérir, qu'elle n'est pas forcément meurtrière. D'accord ?

Plus que ses paroles, son ton doux et patient m'avait un peu apaisée. Je respirais toujours difficilement, mais je sentais que ça allait un peu mieux.

— Dites-moi que vous me croyez, demandai-je, presque suppliante.

— Je vous crois, Liane. Je vous crois. Mais c'est mon travail de vous poser la question.

— Vous me croyez ?

— Oui, Liane, je vous crois. Je crois ce que vous avez vécu.

Louise

Impossible de fermer l'œil. Allongée sur le canapé familial, j'observe les premières lueurs du jour pénétrer dans le salon. Il n'est pas loin de 5 heures du matin et, dehors, une brume claire flotte au-dessus des collines environnantes. J'allume la lampe de chevet, je me pelotonne sous mon plaid et je parcours les feuillets de Liane jusqu'à l'heure du petit déjeuner. Elle décrit son quotidien sur des feuilles A4 d'étudiante, des A4 à grands carreaux simplement reliés par des agrafes. À travers ses pages, j'ai presque l'impression de l'entendre me parler, de l'écouter me décrire ses journées, ses projets, ses rêves.

Nous sommes le matin de l'enterrement et, à 9 heures, nous avons rendez-vous aux Oliviers pour faire nos adieux à Liane. J'appréhende.

Quand j'entre dans la salle funéraire, ma respiration se bloque. Je sens immédiatement la présence de ma sœur devant moi, avant même de relever les yeux. Arrivée près du corps, je lâche un hoquet de surprise. Elle a changé. C'est terrifiant : elle semble plus rigide.

Son visage. Je ne peux détourner les yeux de son visage. Les paupières ont l'air gondolées, et leurs orbites, au lieu d'être légèrement bombées par le globe oculaire, forment maintenant un large creux. Sur les lèvres de ma sœur, un dégradé de blanc et mauve est apparu, comme lorsqu'on se fait un bleu en se cognant. Elle ne repose pas sur une table de métal : les employés de la morgue l'ont allongée dans son cercueil. Le corps y paraît plus imposant, presque intimidant. Un silence glacial s'est abattu dans la petite pièce. Cette fois, personne n'ose la toucher.

Le cadavre est recouvert d'un drap de coton jusqu'à la poitrine. Les épaules sont raides, et les bras ont été dissimulés sous le linceul. Une fraction de seconde, une pensée incongrue traverse mon esprit : lui ont-ils mis son vernis ?

Cinq minutes plus tard, l'équipe funéraire frappe à la porte, puis nous rejoint pour fermer le cercueil. Je ne peux m'empêcher de tressaillir lorsque les hommes scellent hermétiquement le coffre de bois. Ils vissent plusieurs attaches métalliques sur le couvercle, puis apposent un cachet de cire chaude à l'avant du cercueil.

On nous guide vers la sortie.

Liane

Extrait de journal intime retrouvé par les parents de Liane à son domicile.

« Je ne crois pas en Dieu, ou en plusieurs, je ne crois pas en une force divine quelconque. Pourtant, je ne peux pas m'empêcher de me poser la question de la vie après la mort. »

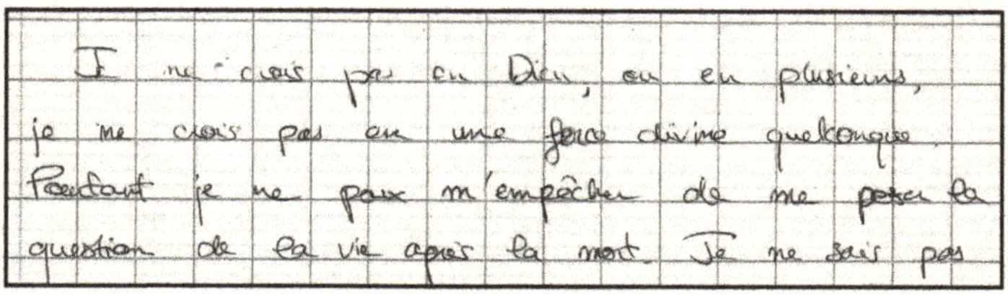
Je ne crois pas en Dieu, ou en plusieurs,
je ne crois pas en une force divine quelconque.
Pourtant je ne peux m'empêcher de me poser la
question de la vie après la mort. Je ne sais pas

Louise

La camionnette funéraire se gare devant le cimetière. Les roues crissent sur les gravillons blancs, avant de s'immobiliser. Il y a déjà du monde sur le parvis.

En descendant de voiture, nous sommes déstabilisés par la foule qui se presse. Maladroitement, on dit bonjour, des bises sont échangées. Certains visages me semblent familiers, mais je suis loin de reconnaître tout le monde. Maeva, arrivée avant moi, m'attrape le bras et m'entraîne vers l'intérieur.

L'espace de cérémonie est à couper le souffle. Une avalanche de roses blanches, partout où le regard se pose. Jamais, de ma vie, je n'ai vu un lieu aussi fleuri. Sur les tables, des fleurs par centaines ont été déposées. L'effet est théâtral. D'immenses rideaux de mousseline blanche ont été tendus de chaque côté du cercueil. Les fauteuils sont de velours nacré, et les lustres scintillent.

Malgré ma peine, je souris : comme Liane l'avait suggéré dans son testament, personne n'est habillé en noir. La plupart ont joué le jeu et portent des couleurs pastel. Pourtant, une pensée résiste : je ne peux pas me débarrasser de l'idée que son agresseur est peut-être parmi eux.

Liane

Texte manuscrit de Liane, retrouvé par son père.

« Laissons venir les réponses comme il leur plaira. »

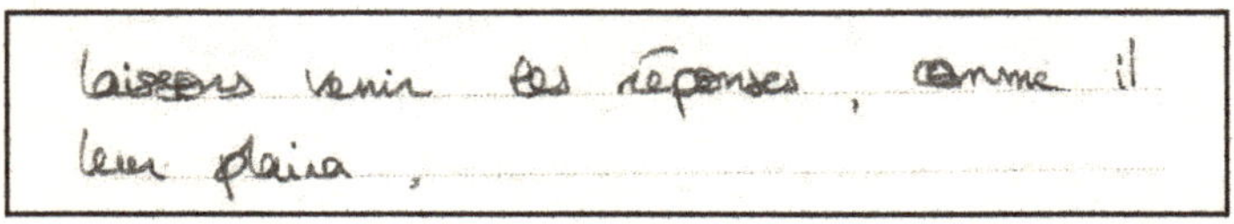
Laissons venir les réponses, comme il
leur plaira,

L'homme

Il a pris sa voiture, a roulé environ une heure. Quand il est arrivé au cimetière, l'air s'était rafraîchi, mais le ciel était toujours lumineux. Un peu en retrait, il a fumé puis écrasé sa cigarette. Il s'est mêlé à la foule.

Une fille lui a paru familière. Il s'est douté qu'il s'agissait de Louise. Elle a incliné la tête sur le côté, et leurs regards se sont croisés. Alors il a marché vers elle, il voulait lui dire… tout lui dire. Mais il a changé d'avis. Il lui a adressé un rapide signe de tête et a quitté les lieux sans se retourner.

Louise

Sur le parvis du cimetière, il y a un homme portant une veste de cuir, une cigarette à la main. Une tache sombre incongrue, au milieu de cette marée de coloris pastel.

Je ne sais pas qui il est, ni qui il était pour Liane. Pourtant, il semble me reconnaître, il s'avance vers moi, et un court instant je crois qu'il va m'aborder. Il n'est plus qu'à quelques mètres lorsque je le vois hésiter, s'arrêter. Je ne comprends pas ce qu'il se passe. Soudain, l'homme se détourne et repart vers le parking.

Un invité m'adresse ses condoléances, nous échangeons quelques mots et, quand je relève les yeux, l'homme en noir a disparu.

Liane

Extrait de texte retrouvé chez Liane par son père.

« En fait, t'es qu'une boule de graisse, quoi. »

Mois de juin 2009. Je suis toujours en cinquième, le beau temps revient et c'est bientôt les grandes vacances. L'heure est aux shorts et aux débardeurs. Sauf pour moi. J'ai honte de mes cuisses, mon ventre n'est plus caché par l'épaisseur des pulls. Je reste en jeans, malgré la chaleur.

« Tu es drôlement poilue, dis donc… De loin, je t'ai prise pour un singe ! »

À la maison, je sursaute dès que quelqu'un ouvre la porte de ma chambre. Je crois la voir passer derrière moi, juste derrière moi, dans ma propre penderie. Il n'y a rien : mon esprit me joue des tours. Dans mes oreilles pourtant, son petit rire moqueur. Je serre les poings. Pourquoi ai-je l'impression qu'elle va apparaître à tout moment ? Reste sensée, voyons ! La douleur est en train de me rendre dingue…

Le mois de juillet est une horreur. Me mettre en maillot est impensable. J'ai trop honte de mon corps. Heureusement, il pleut beaucoup cet été-là. Et puis septembre arrive. Je rentre en quatrième. Je suis toujours dans la même classe que Célia et Raphaël : je m'y attendais, on a pris les mêmes options.

Pourtant, je garde espoir : si je parle à Raphaël, peut-être pourra-t-il m'aider face à Célia ? Reste à m'ouvrir à lui, et j'ai beau essayer, je n'y arrive pas. Pourquoi suis-je incapable de lui parler de mes sentiments ? Je me sens enchaînée, brimée, oppressée. La révolte soulève mon cœur. Je hais Célia. Je la hais pour tout ce qu'elle m'a fait subir, pour tout ce qu'elle m'a pris, pour tout ce qu'elle m'a dit. Allez, Célia, laisse-moi vivre. Je t'en supplie… Je ne sais plus quoi faire, je me réfugie dans mon lit. Il n'y a que là que je me sens encore en sécurité.

« T'es une véritable cassos, en fait. »

Aller au tableau devient ma hantise. Les professeurs ne le comprennent pas, et mes notes de participation s'en ressentent. Je voudrais m'excuser chaque fois que le prof pose le regard sur moi, et même pour m'excuser, je n'ose pas ouvrir la bouche.

« Bon, on va s'asseoir avec des gens qui puent moins que toi. »

Le temps passe, et je me rends compte du peu de confiance en moi qu'il me reste. La moindre prise de parole en public devient une épreuve, d'autant que je m'applique à ne jamais montrer ma fragilité. Chaque note un peu basse engendre une remise en question. Je n'arrive plus à me comporter normalement avec les autres.

J'ai l'impression d'être jugée sur le moindre geste que je vais faire.

Je n'ai pas repris le patinage.

Louise

Pendant la réception, un jeune homme avec un chignon s'affaire à la distribution des petits fours. Il semble un peu gauche, bien que sa carrure athlétique laisse supposer une pratique sportive régulière. Soudain, je crois reconnaître Raphaël, l'ami d'enfance de ma sœur. Je me rapproche pour mieux le voir. Il a le même grain de beauté sur la tempe… Oui, c'est bien lui. Il m'adresse un sourire gêné, mais reste à bonne distance.

Lorsque nous étions jeunes, Raphaël était sans arrêt fourré avec ma sœur : ils passaient leur temps à faire des origamis ou à pêcher des grenouilles dans l'étang d'à côté. Je n'avais pas revu ce garçon depuis des années… Il a bien changé : il avait des joues rondes d'enfant avant, comme un petit cupidon bien nourri. Pourquoi avoir décidé de venir à la cérémonie ? Un sentiment étrange me gagne. Certains diront que je suis parano. Peut-être que je prends simplement sa tristesse pour autre chose que ce qu'elle est. Toutefois, ce sentiment ne me quittera pas.

La réception se termine, et les invités se dispersent rapidement, sauf Raphaël qui aide à ranger. Il nous quitte parmi les derniers, et je devine qu'il s'en va à contrecœur. Sur le pas de la porte, il se retourne et cherche mon regard.

— Vous me tiendrez au courant, à propos de l'enquête sur Liane ?

Déstabilisée, je lui assure que oui. Je l'observe enfiler son coupe-vent, franchir le portillon et s'éloigner à pas lents. Qui lui a parlé de l'enquête ?

Liane

Lettre écrite par Liane pour Raphaël et jamais postée. Elle fut rédigée environ un an avant son décès.

Raphaël, je t'ai croisé ce matin à la poste. C'était improbable, un lundi à 9 heures du matin. Improbable, parce que je suis rarement levée ce jour-là à cette heure-là. Improbable aussi, parce que cette poste n'est ni dans mon quartier ni dans le tien, à ce que j'en sais. Je me demande ce que tu faisais là. Peut-être que tu te poses la question toi aussi. Je vais te répondre, tiens. J'allais faire un virement pour une inscription universitaire.

C'était une journée que je prévoyais fatigante. Physiquement et moralement. Je finissais un dossier d'inscription, et l'administratif et moi, on ne s'entend pas très bien. Comme beaucoup, en fait. Je savais que j'allais devoir courir à droite et à gauche pour récupérer justificatifs et autres papiers officiels. J'étais déjà de mauvaise humeur en me levant, n'ayant que très peu dormi. Alors j'ai sauté dans des vêtements confortables, un jean pas trop serré, un sweat moelleux et des baskets, pas de maquillage, ce genre de tenue qui me donne l'air d'être encore une adolescente, alors que j'ai dépassé la vingtaine. Mais j'en avais besoin aujourd'hui, j'avais besoin de confort.

Je me demande ce que tu en as pensé. As-tu eu l'impression que j'étais négligée ? L'as-tu seulement remarqué ? Après tout, on ne s'est croisés que pendant quatre secondes et demie. Moi en tout cas, je ne t'ai pas bien vu, parce que j'ai détourné les yeux et j'ai regardé ailleurs. Pendant ces quatre secondes et demie, on a fait comme si on ne se connaissait pas. Comme si nous étions deux étrangers. Comme si on n'avait pas passé nos après-midi d'été dans ta piscine pendant toute notre enfance, comme si on n'avait pas squatté chez l'un et chez l'autre un nombre incalculable de fois, comme si on n'avait pas fait nos études primaires et secondaires ensemble. Comme si on n'avait pas ri, joué, pleuré, rêvé, désespéré, dormi, chanté et que sais-je encore, ensemble. Comme si on ne s'était pas engueulés puis réconciliés une bonne centaine de fois, avant de se déchirer pour de bon.

Ces quatre secondes et demie m'ont paru interminables, tellement je me suis sentie mal. L'as-tu remarqué, que je me sentais mal ? As-tu vu ma tête se décomposer lorsque je t'ai reconnu ? Sans doute. J'ai été capable de reconnaître ton visage parmi la foule en un seul coup d'œil. Toi aussi, tu me connaissais bien. Tu as sans doute remarqué mon air tendu, mon effort pour garder une expression plus ou moins neutre, peut-être même les larmes qui me montaient aux yeux. M'as-tu trouvée stupide ? As-tu pensé que j'aurais dû passer à autre chose, depuis tout ce temps ? Ou est-ce que tout ça, c'est dans ma tête, car toi tu avais déjà oublié m'avoir entraperçue ? Est-ce que tu penses encore à moi, parfois ?

Moi oui. Et peu importe ce que tu en penses ou ce que tu n'en penses pas. Il y a près de cinq ans, j'ai perdu mon meilleur ami, celui avec qui j'ai grandi, mon frère de cœur. C'est comme ça que je te définis quand on me demande quel genre de relation j'avais avec toi. C'était avant ce qui s'est passé dans les couloirs du collège. Et ça fait toujours mal. Je grimace encore à l'évocation de ton prénom, parfois je me réveille les larmes aux yeux de t'avoir retrouvé le temps d'un rêve. Oh ! j'ai rencontré d'autres personnes, entre-temps, ne t'en fais pas. Des amis, des personnes sur qui je peux compter, des mentors. Des connards aussi. Plein de gens, tu vois. Mais personne comme toi.

Je n'ai pas envie de revenir sur les raisons qui nous ont poussés à nous séparer. Ton silence devant mes harceleurs. L'abandon, le secret, la souffrance. Pourtant, j'aurais tellement aimé qu'on ait une seconde chance, tous les deux. Je ne peux m'empêcher de me demander comment ça se passerait, si on se reparlait aujourd'hui. J'ai beaucoup changé. Toi aussi, je pense. C'est normal, on grandit, on évolue, surtout à nos âges. Mais j'ai envie de croire que l'on s'entendrait encore. On a le même cœur, me disais-tu. Cette phrase m'a marquée. J'ai envie de croire que c'est vrai. Je me suis souvent demandé comment tu allais. On ne se confiait pas beaucoup l'un à l'autre, c'est vrai.

Cependant, j'ai le sentiment diffus que tu as été l'un de ceux qui m'ont approchée de plus près.

J'espère que tu vas bien, en tout cas. Que toi aussi, tu fais ton petit bout de chemin. Je ne t'oublie pas, tu sais. Je ne t'oublierai pas.

Liane

Louise

Midi. Le calme revient, et nous regagnons la maison. Mon père se retire dans sa chambre. Assise en tailleur sur le tapis du salon, je sors délicatement les textes de Liane et j'en poursuis la lecture.

Liane

Extraits de textes retrouvés chez Liane par son père.

Novembre 2009. Sourire est devenu une habitude. Je me force à rire alors que j'ai envie de pleurer. À force d'entraînement, je finis par devenir très forte pour ces simulacres. Il suffit de montrer aux gens ce qu'ils ont envie de croire.

J'ai enfin repris le patinage… Je sais que j'ai des lacunes. Mais être sur la glace me fait tant de bien que je me félicite d'avoir eu le courage de m'inscrire cette année. Quand je monte sur la glace, j'oublie Célia. Toutes les semaines, pendant une heure et demie, Célia n'existe plus. C'est peu, mais c'est précieux.

Au collège, on me reproche d'être timide, de ne pas assez participer. J'ai beau essayer, je n'y arrive pas, c'est plus fort que moi. J'entends le rire moqueur de Célia chaque fois que je prends la parole et que je me trompe. Toute la classe se moque. Depuis quand la première de la classe se fait disputer par les profs et se prend des mauvaises notes ?

Un jour, je me retrouve seule avec Célia sous le préau. Je décide par désespoir de lui montrer mes coupures les plus récentes, celles que j'ai dissimulées sous ma montre. Célia me dit :

— Tu sais que c'est dangereux ?

— Oui.

— Ah.

J'espère qu'elle va comprendre que je ne vais pas bien, arrêter d'elle-même ce qu'elle me fait subir... Raté.

« Attardée. »

Le mot est chuchoté par Valentin à l'interclasse. Il fait d'autant plus mal. J'ai peur de lui. Cette fois-là, je ne parviens pas à garder la face. Je vais m'enfermer dans les toilettes. Vomir me fait du mal et du bien en même temps.

Le temps de me reprendre, de coller un sourire sur mon visage et je suis en retard au cours suivant. Le professeur ne m'accepte pas. Je suis renvoyée à la vie scolaire pour un mot de retard. Une fois n'est pas coutume, le sourire ne tient pas, et les larmes coulent toutes seules. Les commentaires fusent. C'est dans ces moments-là que j'ai tellement envie de disparaître.

Je passe les vacances d'été à angoisser pour ma rentrée en troisième. Je sais que l'an prochain je serai dans la même classe que Valentin, ayant eu le malheur de choisir la section « classe européenne ».

Alors je n'ai qu'une seule chose en tête : plus qu'un an. Plus qu'un an. Une année à passer, le brevet à obtenir, et puis c'est le lycée. J'imagine ma vie de lycéenne comme une réelle renaissance. Bien sûr, nous serons tous dans le même établissement, mais il sera beaucoup plus grand. Je ne serai plus dans la même classe que Célia, je pourrai éviter Valentin... Enfin, je vais pouvoir recommencer à zéro.

*

Septembre 2011. Je stresse un peu avant la rentrée en seconde, mais j'ai surtout hâte. J'ai enfin l'occasion d'un nouveau départ. En effet, contre toute attente, ça se passe bien. Les premières semaines, je m'applique à sympathiser avec le reste de la classe. Je copie le comportement de ma sœur qui ne se prend pas la tête et qui a toujours le sourire aux lèvres. Je deviens une fille souriante, sympathique, qui rit facilement, un brin philosophe. J'ignore si je le suis vraiment ou si ce n'est qu'un masque. En tout cas, moi j'essaie d'y croire. Les autres semblent y croire aussi et, sans devenir populaire, j'ai l'impression de m'être bien intégrée dans ma classe.

La section dans laquelle j'ai été admise possède un excellent niveau scolaire. Et pour cause : nous avons tous pris l'option MPI[1] et nous avons été sélectionnés sur dossier... La moitié des élèves de ma section étaient premiers de la classe l'année dernière. C'est déstabilisant au début, mais je me sens moins différente. C'est agréable.

Les premières semaines, je ne vois pas Célia. Je suppose qu'on est toutes les deux absorbées par la nouveauté du lycée, les premiers cours, les nouvelles amitiés. Mais cette accalmie ne dure pas. Prétextant ne plus me voir assez, elle vient souvent traîner autour de moi. Elle s'arrange pour être là aux récréations, aux repas...

« Vous verrez, Liane Martin, elle est toujours comme ça, un peu débile... »

Je reste avec mes amis, j'essaie d'ignorer Célia, mais ce n'est pas évident, car personne n'est au courant de mon histoire avec elle. Elle me retrouve partout. Je n'arrive pas à avoir de la repartie avec elle, je ne trouve rien à répondre quand elle me dévalorise. Je me sens tellement mal de me comporter ainsi devant mes nouvelles amies, mais rien n'y fait, je n'arrive pas à réagir.

C'est comme si Célia devenait plus sournoise. Elle me pousse dans la queue du self, elle se met pile devant moi quand je parle à quelqu'un, elle m'écrase le pied en

1. Mathématiques, physique et informatique.

passant dans les couloirs. C'est insidieux, de sorte que je ne peux pas vraiment protester. Je me convaincs que c'est du passé : maintenant, je peux oublier.

Pourtant, toute ma seconde, Célia reste omniprésente. Les remarques sont incessantes. Les mises à l'écart aussi. J'ai arrêté de compter combien de fois elle s'est étalée sur moi pour parler à Raphaël, combien de coups d'épaule ou de sac j'ai reçus « sans faire exprès », combien de commentaires m'étant destinés furent glissés dans les conversations anodines. Tout est tellement caché, tellement sous-entendu, que je finis par me demander si ce n'est pas moi qui deviens paranoïaque.

Les vacances de Pâques arrivent. Je les passe enfermée dans ma chambre, sur Internet. À cette époque, nous utilisons MSN. Célia m'y retrouve, me dévalorise sur le Net. Tous les jours, je me promets de ne pas regarder et, tous les jours, je regarde. Je suis effrayée, angoissée. C'est un défi de prendre une simple douche. Chaque fois que je suis nue, je crois entendre Célia critiquer mon corps.

À la rentrée, la bande de Valentin est plus présente que jamais. J'angoisse, je ne les supporte plus. Je me mets à stresser dès que j'apprends qu'ils vont venir avec nous. J'ai mal au ventre. Je passe des après-midi entiers à me remettre. La bande de Valentin m'invente des surnoms franchement sexistes, et je n'ose pas protester. C'est un véritable calvaire.

Quand on m'appelle, je ne me retourne jamais. Chaque fois que j'arpente un couloir, j'ai peur de croiser la petite bande. Depuis cette année, j'ai pris des formes. De la poitrine, des fesses. J'en ai honte. Je porte des vêtements larges, mais je sais que mes formes se voient quand même. Moi, je ne vois que ça.

Un matin, Célia me pousse dans un couloir et personne n'ose me relever. Derrière elle, j'entends le petit rire de Valentin, et aussitôt je me recroqueville sur le sol. Je suis surprise de voir à quel point la situation s'est dégradée, en à peine quelques mois.

Roulée en boule sur le lino du lycée, je me bouche les oreilles avec mes mains. Les autres élèves murmurent entre eux, mais personne n'intervient. Je sais qu'ils ont peur de devenir des victimes, eux aussi. Alors je me bats contre mes démons intérieurs, contre mon envie de mourir qui revient à la charge. Contre cette envie de tout lâcher et de me laisser couler.

Louise

Un peu choquée par ce que je viens de lire, je repose le document sur le sol. Je crois que j'ai besoin de mettre de l'ordre dans mes idées.

J'attrape une feuille et j'y inscris :

Pourquoi Liane s'est-elle suicidée ?

Mon objectif : remonter la piste de ses écrits.

Journal intime retrouvé sous son lit.

Poèmes, textes et lettres (duplex, bureau, tiroir de droite).

Mails + Google Drive + réseaux sociaux.

Plaquette de pilules retrouvée chez Liane : simple précaution ? Avait-elle un amant ?

Quelque part, il y a déjà cette peur – inconsciente et tenace – qui tente de se frayer un chemin dans mon esprit. Pensive, j'observe les lavandins courbés sous le vent. Cette enquête pourrait se révéler plus dangereuse que prévu... Je me demande quelle est la route à suivre.

III

PERSÉVÉRER

Louise

Je suis rentrée à Singapour il y a deux semaines et j'ai décidé de reprendre une vie normale.

L'enquête me fait peur, je redoute de ne plus savoir m'arrêter. Ces dernières semaines, chaque détail rencontré me perturbait, je n'en dormais plus la nuit… Alors pour « aller mieux » je sors, je vois des amis. Le soir, il m'arrive de repenser à la liste que j'ai commencée à Toulouse, mais la plupart du temps j'essaie de l'oublier.

Presque tous les jours, je descends au jardin avec James. On passe du temps ensemble, au bord de la piscine, les pieds dans l'eau. Nous avons retrouvé une sorte de complicité. J'aime son regard quand il me parle de son enfance, et son sourire malicieux quand il nous ressert un verre de vin.

Liane

Poème de Liane, retrouvé dans son duplex rue de la Colombette.

« Détends-toi, oublie le monde, laisse-toi porter par ma voix et laisse les mots… t'emporter. »

> Détends-toi, oublie le monde, laisse toi porter par ma voix et laisse les mots…
> T'emporter.

Louise

Le matin, je me lève et je pars au yoga. Le soir, je dîne au restaurant avec James. Nous avons plusieurs restaurants préférés : celui de Dempsey Hill pour ses cocktails au gin, celui du Botanic Gardens pour son ambiance tropicale. Et le Coastes qui dresse ses tables directement sur la plage de Sentosa.

On se parle très librement avec mon fiancé, pendant cette période. On se raconte nos vies, on se confie l'un à l'autre comme si ce drame avait créé chez nous une sorte d'urgence de vivre.

Un ami de James, venu passer quelques jours en Asie, me relate des anecdotes sur leurs années lycée. Il me décrit un garçon nul en maths, timide en cours, qu'il n'aurait jamais imaginé entrepreneur à Singapour. Progressivement, je réalise que l'homme que j'aime a suivi une route un peu à part ; bon nombre de ses camarades de classe se sont mariés en France et ne parlent pas un mot d'anglais. James et son ami se taquinent continuellement, on rit beaucoup, et ça nous fait du bien.

Un midi, notre invité nous demande si l'on veut des enfants. Mon fiancé botte en touche, mais je ne peux m'empêcher de remarquer son léger rougissement. Il baisse les yeux, c'est plutôt mignon.

Notre dernier soir entre amis arrive trop vite. On part boire un verre vers le port, sur le toit-terrasse du Lantern Bar. L'air est chaud, l'eau de la marina scintille. Je me dis que j'aime vraiment vivre ici. Tout serait tellement plus simple s'il n'y avait pas cette nostalgie qui submerge tout.

Liane

Extrait du « Carnet de bord des derniers jours » de Liane.

30 avril. Pour la première fois depuis longtemps, je me sens épanouie et légère. Je me surprends à rire sincèrement, à être contente pour un rien, à retrouver la simplicité de la vie. Le contraste est frappant. Je ne me sens pas seulement bien, mais aussi heureuse. Amusant comme tout me paraît facile depuis que je sais que je vais mourir ce soir.

Louise

Au bureau, mon retour se passe sans encombre. Mon manager a prévenu les équipes RH[1] du drame, et ma nouvelle mission a été préparée avec bienveillance. Je suis affectée à l'audit interne, dans une équipe de cinq personnes. On m'indique que je vais travailler à la fois avec les traders et avec l'équipe finance. Mes nouveaux collègues sont engageants et motivés ; je me remets rapidement à la tâche.

Depuis quatre ans, j'occupe un poste de contrôleuse interne sur une plate-forme qui vend et achète du pétrole. Ce pétrole est ensuite utilisé comme carburant par les navires d'affrètement, pour transporter des conteneurs aux quatre coins du monde. Le rythme est soutenu : Singapour est l'un des plus grands ports au monde. Ici, chaque membre de l'équipe a été choisi pour ses performances. La sélection est drastique, et tous, nous sommes là pour bosser.

Au début, intégrer cette entreprise était intimidant. J'avais joué des coudes pour obtenir ce poste et je redoutais de ne pas être à la hauteur. Mais aujourd'hui j'ai fait mes preuves, et ce milieu très masculin ne m'impressionne plus. J'ai gagné ma place ici. Il m'arrive même de prendre quelques pauses rapides pour admirer le panorama : depuis notre quarante-septième étage, on voit la grande roue,

1. Ressources humaines.

le Helix Bridge, le double dôme de la Cloud Forest… J'adore regarder Singapour s'étaler à perte de vue.

En milieu de semaine, mon père me passe un coup de fil. Il me décrit des objets de Liane qu'il a gardés et les boutures de lavande qu'il replante dans le jardin familial. Je l'imagine tout à fait coiffé de son sempiternel béret en train de bêcher le jardin. Puis vient cette curieuse confidence. Mon père me raconte qu'il a eu des nouvelles de Maeva, qu'elle a déménagé dans un appartement plus grand, qui lui plaît beaucoup. Quelque part, je suis un peu étonnée qu'ils soient restés en contact, mais je suis contente que cette amitié fraîchement scellée les aide à tenir bon.

Deux heures plus tard, je reçois un mail de Maeva avec, en pièces jointes, trois documents « trouvés » – selon ses propres mots – au commissariat. Mon cœur se serre. Mes yeux ne décollent plus de l'écran. Maeva indique dans son message qu'il s'agit d'extraits d'une plainte dont nous ne connaissions pas l'existence. Intitulée : « Plainte Liane MARTIN – Commissariat de Toulouse ».

Une plainte ? Personne ne m'avait dit que Liane avait porté plainte à la police… Et je suis la dernière au courant ? Je sens la peau de mes mains me démanger désagréablement.

Maeva avait parlé de faire des recherches, mais quand même. Finalement, je l'appelle pour en avoir le cœur net. Elle reste vague, puis finit par m'avouer qu'elle a « récupéré » les documents avec l'aide de mon père.

Ne parvenant pas à pirater la base de données du commissariat de police, elle a voulu se rendre sur place, mais a fait une crise d'angoisse devant. Mon père, appelé en urgence par les policiers à la demande de Maeva, en a alors profité pour passer dans le bureau de l'officier. Il y a plaidé sa cause, patiemment. Après une heure de négociations, les deux alliés sont repartis ensemble avec le dossier de Liane.

J'ouvre les documents et les fais défiler avec mon curseur. Ma lèvre tremble. Les émotions arrivent par vagues : de la surprise d'abord, puis un mélange de colère et d'incompréhension. Mes doigts serrent fort la souris. Je n'avais pas anticipé ce que j'allais lire et, si je fais de mon mieux pour garder la face devant mes collègues, je suis à deux doigts de partir me réfugier aux toilettes.

Les trois documents du dossier de Liane

Document 1 : Extrait de plainte

REPUBLIQUE FRANCAISE
MINISTERE DE L'INTERIEUR, DE LA SECURITE
INTERIEURE ET DES LIBERTES LOCALES
DIRECTION GENERALE DE LA POLICE NATIONALE

SSP

P.V. : 2013/ /

AFFAIRE :

Contre/[redacted]

HARCELEMENT MORAL

OBJET :

PLAINTE DE [redacted]

PROCES VERBAL

[redacted]
le vingt trois avril à onze heures cinq

Nous, [redacted]
BRIGADIER DE POLICE
en fonction CSP TOULOUSE GAJ SUD

Officier de Police Judiciaire en résidence TOULOUSE
---Etant au service---
---Poursuivant l'enquête en matière préliminaire---
---Vu les articles 75 et suivants du Code de Procédure Pénale---
---Constatons que se présente la personne ci-après dénommée qui nous déclare :---
■ --- **SUR SON IDENTITE** : --
--- "Je me nomme [redacted]" ----------------------------
--- "Je suis née le [redacted] à TOULOUSE (HAUTE GARONNE)." ---
--- "Je suis de nationalité FRANCAISE." ----------------------
--- "J'exerce la profession de : ETUDIANTE." -----------------
--- "Je suis domiciliée [redacted]" ------------------------------------
--- "Mon numéro de téléphone personnel est le [redacted]"
---SUR LES FAITS---
---QUESTION : Etes vous sous tutelle, curatelle ou protection de justice ?---
---REPONSE : Non.---
---Je viens vous signaler les faits suivants :---
---De l'âge de 11 ans à 18 ans, alors que j'étais scolarisée dans un premier temps au collège [redacted](31) puis au lycée [redacted] (31), une élève de ma classe [redacted] n'a pas cessé de me harceler. Elle a toujours été dans la même classe que moi au collège, mais au lycée, elle était seulement dans le même établissement.---
---Le plus difficile à supporter est arrivé durant les années collèges. En classe de 5ème et 4ème, elle avait même réussi à mettre toute la classe contre moi. [redacted] faisait des critiques sur mes bons résultats scolaires en disant : "tête d'intello" ou "machine à calculer" ou encore "tête d'ordinateur" elle disait que cela n'était pas normal d'avoir d'aussi bonnes notes et elle m'accusait de tricher ce qui était faux. Elle critiquait aussi mon physique en disant que j'avais une grosse bouche, que mes cheveux étaient moches et mal coiffés, que j'étais trop grosse et mal habillée.---
---A partir de l'âge de 13 ans, elle a critiqué mon homosexualité qui commençait à se révéler à moi et qui s'est su, elle me traitait de "sale homo", de "trainée", et disait que j'étais sale et que je puais alors que j'avais une hygiène correcte.---
---Dès le début, j'ai commencé à ressentir un mal être, qui s'est transformée en dépression. Je me sentais humiliée, et je n'ai jamais osé répondre à [redacted], j'étais trop timide et introvertie pour l'affronter.---
---J'ai tenté de lui en parler lorsque j'étais en première sur facebook mais elle ne m'a pas compris et pour elle, c'était de

13081231

[redacted]

ma faute, elle disait que j'aurais du lui en parler et que le silence avait été mon choix, et elle trouvait que j'exagérais.-
---J'ai même fait trois tentatives de suicide qui sont passées inaperçues. La première fois, j'étais en cinquième, j'avais pris des comprimés de Doliprane en grosse quantité, et comme j'avais vomi, ma mère a cru à une gastroentérite. La seconde fois, j'étais en première et j'avais voulu me pendre à mon domicile pendant la nuit, puis, en terminale, j'ai voulu m'étouffer en mettant la tête dans un sac plastique chez moi encore durant la nuit car je ne voulais pas être sauvée.---
---Je ne me suis jamais confiée à des personnes adultes, avant l'an dernier en février 20[redacted], où j'en ai parlé à l'infirmière du lycée, mais elle n'a pas tenu compte de ma demande et n'a pas compris ma situation alors que j'étais vraiment en détresse. [redacted]
---En juin 20[redacted], avant mon bac, je suis allée au Centre Médico Psychologique de [redacted] où j'ai commencé à avoir un suivi, et de là, ils m'ont dirigé vers le Centre Aide et Soins Etudiants de [redacted] à Toulouse où j'ai un suivi avec le médecin psychiatre [redacted].---
---Je vous remets le certificat médical de ce médecin qui m'avait conseillé de venir déposer plainte auprès de vos services.---
---Depuis la fin de ma scolarité au lycée, je n'ai pas revu [redacted], et j'essaie de passer à autre chose.---
---Je suis actuellement en prépa au lycée [redacted], en physique chimie car j'aimerais devenir ingénieur. J'ai été autorisée à redoubler car à cause de mes problèmes, j'ai raté mon année.---
---Je faisais des crises d'angoisse à cause de mes problèmes, et j'ai énormément de mal à m'exprimer devant les autres et à passer à l'oral.---
---Je dépose plainte contre Melle [redacted] pour harcèlement moral.---
---Je suis informé de mon droit à obtenir réparation et à être aidé par un service ou une association d'aide aux victimes.---
---Lecture faite personnellement, persiste et signe avec nous.--

le déclarant   l'OPJ

[redacted]

POLICE NATIONALE
DIRECTION DÉPARTEMENTALE de HAUTE GARONNE

[redacted]

Document 2 : Lettre de Justine, amie de Liane, écrite afin d'appuyer le dossier de plainte pour harcèlement

[redacted]

Procureur de la République
de Toulouse
[redacted]
31 068 Toulouse

Monsieur,

Je soussignée [redacted] demeurant à la Résidence [redacted] atteste sur l'honneur des faits suivants :

Durant les années 20[redacted] et 20[redacted], [redacted] m'a fait part à plusieurs reprises des brimades, de la part d'une dénommée [redacted], dont elle était victime depuis déjà deux ans à ce moment là, des moqueries et humiliations répétées qu'elle lui faisait subir. [redacted] m'a également confiée la souffrance morale engendrée par ces faits, et la faible estime de soi qu'elle possédait alors, dûe à cette dévalorisation qu'elle subissait, et qui ont fini par déterminer ce qu'elle pensait d'elle-même.

Je sais que cette attestation pourra être produite en justice et que toute fausse déclaration de ma part m'expose à des sanctions pénales.

Fait pour servir et valoir ce que de droit.

Fait à [redacted], le lundi 22 avril 20[redacted]

[redacted]

Document 3 : Avis de classement

Cour d'Appel de Toulouse
Tribunal de Grande Instance de Toulouse

Parquet du procureur de la République
Service : Pôle pénal mineurs

N° Parquet : [redacted]

[redacted]
31000 TOULOUSE

N° téléphone : [redacted]
N° télécopie : [redacted]

PV n° [redacted] en date du [redacted] de la Commissariat de Police de Toulouse

contre

[redacted]

Faits : Menaces, chantage.

Avis de classement

L'examen de cette procédure ne justifie pas de poursuite pénale au motif que :

les faits ou les circonstances des faits dont vous vous êtes plaint n'ont pu être clairement établis par l'enquête. Les preuves ne sont donc pas suffisantes pour que l'affaire soit jugée par un tribunal.

Vous pouvez contester cette décision de classement en adressant un courrier motivé et accompagné d'une copie du présent avis de classement au procureur général près la cour d'appel.

Vous avez également la possibilité de passer outre ma décision en poursuivant vous-même la procédure soit au travers :

DU PROCES PÉNAL :

- en saisissant la juridiction compétente par voie de citation directe ;
  Vous devez demander à un huissier de faire convoquer votre adversaire devant le tribunal. Si vous avez recours à l'assistance d'un avocat, c'est lui qui prendra contact avec l'huissier.

- ou en demandant l'ouverture d'une information par le biais d'une constitution de partie civile devant le doyen des juges d'instruction.
  Dans ce cas, il vous sera demandé de verser une somme fixée par le juge d'instruction en garantie du paiement de l'amende civile susceptible d'être prononcée si votre constitution de partie civile est jugée abusive ou dilatoire.

DU PROCES CIVIL

Demandez à un huissier de convoquer votre adversaire devant le tribunal civil pour lui réclamer le paiement de dommages et intérêts.

Si vous entendez réclamer des dommages et intérêts dont le montant est inférieur ou égal à 4000 euro, vous devez porter l'affaire devant la juridiction de proximité du domicile de votre adversaire.

Louise

Je me sens terriblement jalouse de la collaboration entre Maeva et mon père. Moi aussi je peux être utile, même de loin ! Quelque part, j'ai le sentiment d'avoir été mise à l'écart alors qu'on s'était lancés dans cette enquête ensemble. Je décide donc d'appeler moi-même le témoin de la plainte, Justine, dont les coordonnées figurent dans le dossier.

Justine décroche : sa voix est suave, bien qu'un peu rauque. Elle a un léger accent, celui que l'on qualifie souvent de parisien.

Malgré sa surprise, la jeune femme répond à mes questions. Oui, elle a bien rédigé ce témoignage, mais c'était il y a des années maintenant. Non, elle n'a jamais su comment la plainte avait été traitée, ni par qui… Elle vit en Île-de-France aujourd'hui. Elle souligne ne pas avoir eu de nouvelles de Liane depuis janvier dernier.

— Liane va bien ?

Justine me prend de court. J'aurais aimé lui annoncer, mais je ne trouve pas les mots.

— Allô ? Louise ? Tu es toujours là ?

Tout ce que j'arrive à répondre, c'est que tout va bien et que je lui souhaite une bonne journée. Justine paraît soulagée. Je raccroche.

Bon sang, je n'ai pas avancé d'un pouce. Non seulement j'ai perdu ma sœur, mais en plus personne ne semble capable de me dire pourquoi.

Liane

Extrait de journal intime retrouvé chez Liane par son père.

Plus je m'embourbais dans le silence, et plus il était compliqué d'en parler.

Louise

J'essaie d'oublier les documents de plainte et ma conversation avec Justine. De penser à autre chose. Pourtant, je rumine ses paroles tout le week-end. Je n'en dors pas de la nuit.

Le lundi au réveil, j'ai mauvaise mine, mais je me dis que je vais donner le change. Que le reste suivra. Devant le grand miroir de la salle de bains, je noue mes cheveux en chignon, j'applique rapidement un rouge à lèvres discret. J'ajoute les boucles d'oreilles en laque dure offertes par maman. Le miroir me renvoie l'image d'une jeune femme dynamique. Loin, si loin de ce que je ressens à l'intérieur. Mais je suis déterminée à faire de mon mieux.

J'arrive au trading floor perchée sur mes escarpins préférés et je retrouve mon collègue Arnaud en salle de pause. Arnaud, je l'adore, il est drôle et d'une sincérité rare. En m'apercevant, il sourit et désigne du menton une énorme pile de viennoiseries.

Je lui décoche un regard espiègle.

— Je te parie qu'à la pause il n'en restera plus une seule ! Je fais des provisions…

J'attrape deux croissants et je pars m'installer à mon poste. Sur mon bureau, j'ai déposé une photo de Liane : elle sourit, lumineuse, et cela me réconforte. La baie est ensoleillée aujourd'hui, les palmiers s'agitent lentement le long de l'avenue. Les horloges murales rappellent les fuseaux horaires de nos bureaux étrangers : Houston, Genève, Tokyo. Je mets à jour un contrat, je l'envoie distraitement et je m'accoude devant mon écran.

La pause de 10 heures vient confirmer mes prédictions : le plateau est orphelin de ses croissants. Plus une miette. J'en rigole, je jette un regard par la baie vitrée… et mon sourire se fige.

Dans la rue en contrebas, il y a un homme qui marche. Je plisse les yeux. Il semble porter une veste en cuir, épaules carrées, et cette démarche… Dans mon nez, une odeur de cigarette imaginaire. Je sens du cuir, et quelque chose de boisé et de ferreux. On dirait l'homme de l'enterrement ! Mais non, c'est impossible. À plus de dix mille kilomètres de la France. Simple coïncidence ? Je ne peux pas le croire.

L'homme remonte la Stamford Road et s'engouffre sous les arcades du bâtiment Chijmes. Je ne dois pas le perdre de vue ! Je me précipite.

Pas de chance. À la seconde où j'empoigne mon sac, la salle des marchés s'enflamme. Une information vient de tomber, les opérateurs se ruent sur leurs écrans. Le Senior Manager nous briefe rapidement : un navire MSC de 4 000 tonnes a été retenu au port, car le carburant dont il avait besoin, du RMK500, a été contaminé. Toute l'équipe est mobilisée. La cause serait une erreur humaine : des résidus d'un autre carburant se sont mélangés lors de l'acheminement du RMK500. La situation est grave : le navire est immobilisé, il bloque le trafic du port. Les frais liés à ce retard se chiffrent en milliers de dollars, et la cargaison ne sera pas livrée à temps.

Mais je n'entends rien. Je ne peux pas laisser cet homme repartir sans réagir ! C'était le même homme qu'à l'enterrement, j'en suis presque sûre maintenant. Évidemment, si quelqu'un remarque que j'ai quitté mon poste en plein coup de feu, c'est le renvoi assuré. Et il n'est que 15 heures…

Tant pis. J'abandonne mon sac sur une chaise, je fourre mes clés et quelques papiers essentiels dans une poche et je marche vers l'entrée à pas rapides. Donnant l'illusion que je me rends en salle de réunion, je bifurque au dernier moment vers la sortie et je quitte le trading floor précipitamment.

Mon cœur bat à cent à l'heure quand j'appuie sur le bouton de l'ascenseur. En moins d'une minute, il a descendu les quarante-sept étages. Je tape mon badge sur le portique de sécurité et je cours vers la rue. Mes oreilles bourdonnent. J'ai la bouche sèche.

Liane

Extrait d'un cahier de cours de Liane.

« Dur d'avancer quand le passé se rappelle à vous. »

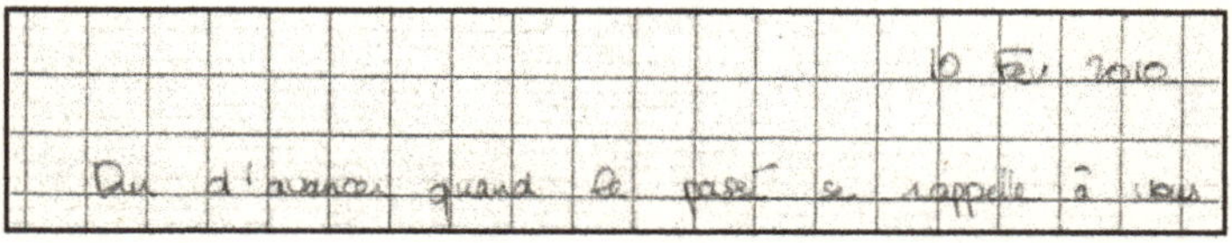

10 Fév 2010

Dur d'avancer quand le passé se rappelle à vous

Louise

Malgré tous mes efforts, je ne retrouve pas cet homme. Je passe deux heures à arpenter les rues, avant d'abandonner. Mon souffle est court, mes cheveux sont en bataille et mes escarpins, salis. Affronter mes collègues ? Expliquer ma fuite et mon allure débraillée ? Je n'en ai pas le courage. Honteuse, je décide de rentrer chez moi.

Je monte dans le métro, direction Jurong East. Mes ballerines de rechange sont restées dans la tour, et mes talons m'esquintent les pieds. J'agrippe fermement la courroie de plastique au-dessus de moi en tentant de reprendre mes esprits. Était-ce bien lui ? Ai-je halluciné ? Je regrette de m'être emballée.

Station Dhoby Ghaut. Je change de ligne, puis je descends à Farrer Park. Dans l'escalator, j'appelle mon père. A-t-il vu un homme portant une veste en cuir à l'enterrement ? Il affirme que non. Je raccroche, perplexe.

Dehors, il pleut, malgré un soleil timide. J'attrape mon vélo sur le parking du métro et pédale à vive allure jusque chez moi. Je remonte l'allée arborée de Gloucester Road, quelques gouttes de pluie filtrent à travers les feuillages.

À peine arrivée, je laisse tomber ma veste sur une chaise et m'installe devant mon ordinateur. Je passe le reste de la soirée à éplucher la boîte mail de ma sœur, à commenter à voix basse chaque pièce jointe, un café froid près de moi. Peu avant 22 heures, j'adresse à mon père une attestation maladie découverte parmi les documents envoyés.

Toulouse, le 2 novembre 20[redacted]

Cher Confrère,

Mademoiselle [redacted], âgée de 21 ans, bénéficie d'une prise en charge sur le [redacted] depuis 20[redacted] pour des troubles anxieux à type de phobie scolaire avec des éléments d'état de stress post-traumatique sur une personnalité de type paranoïaque.

Le début des troubles remonte au collège où [redacted] a subi des harcèlements de la part d'autres élèves : se sont peu à peu développées des crises d'angoisse sur fond d'anxiété généralisée avec impossibilité de se rendre en cours. [redacted] a cependant continué ses études en travaillant ses cours chez elle.

Dans ses antécédents psychiatriques, on note une tentative de suicide par IMV[1] en 20[redacted], des comportements hétéro-agressifs à

1. Intoxication médicamenteuse volontaire.

type de scarification depuis la classe de 6e. La première prise en charge psychiatrique remonte à 20[redacted], où elle a bénéficié d'une évaluation sur le CMP de [redacted]. Elle a ensuite été adressée au [redacted] pour prise en charge de troubles anxieux : une prise en charge à l'hôpital de jour a alors été mise en place. [redacted] a bénéficié également d'accompagnement à l'école pour essayer de lui permettre de maintenir une scolarité normale. De septembre 20[redacted] à juillet 20[redacted], elle a bénéficié d'une prise en charge de type Thérapie cognitivo-comportementale avec le [redacted] au CMP de [redacted] : une prise en charge psychologique s'est alors mise en place.

Actuellement, les troubles anxieux persistent, [redacted] a de grosses difficultés à se rendre en cours. Elle bénéficie d'une prise en charge sur le [redacted] avec une consultation médicale mensuelle, ainsi qu'une prise en charge psychologique sur le CMP de [redacted]. Elle refuse pour l'instant tout traitement médicamenteux.

Je reste à votre disposition pour tout renseignement supplémentaire.

Je vous prie de croire, Cher Confrère, à l'assurance de mes sentiments dévoués et confraternels.

Lorsque mon père me répond, il emploie un ton désolé : « Ta sœur était tellement malade, elle a été très courageuse de vouloir porter tout cela toute seule. »

Agacée, je tape rapidement : « Liane n'était certainement pas QUE malade. Elle était malade, et un SALE TYPE en a profité. Pourquoi donc suis-je la seule à le voir ? »

Je n'envoie pas ce mail. Je le supprime.

Et je vais me coucher.

Liane

Extrait d'un texte manuscrit de Liane, retrouvé dans son duplex.

« Ferme les yeux. Tu me vois ? »

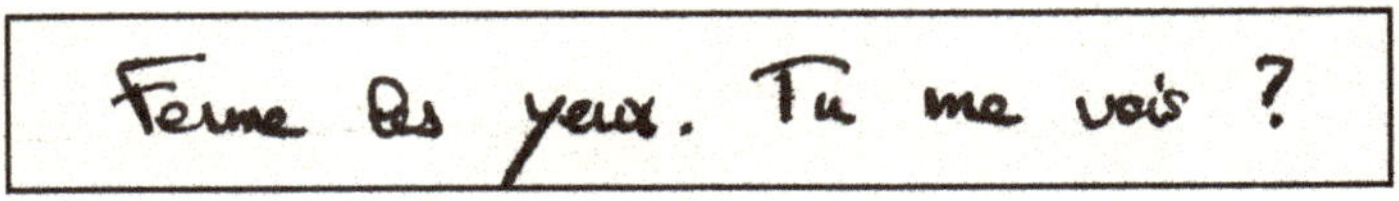

Louise

Le lendemain, je me rends au bureau comme si de rien n'était. Ma désertion de la veille semble être passée inaperçue, chaque équipe ayant supposé que j'étais allée aider l'autre. Je devrais en éprouver du soulagement, il n'en est rien. Mon cœur reste serré : la veille, mes recherches n'ont rien donné.

Ce serait plus efficace de travailler en équipe…, suggère ma petite voix. *Fais-toi aider par Maeva…* Sauf que demander de l'aide, je déteste ça. Pas question de lui avouer que je n'arrive à rien, sans elle. Ce serait terriblement humiliant. Alors je m'active sur le trading floor toute la matinée. Garder les mains occupées m'évite de penser. Une fois n'est pas coutume, je saute le déjeuner. Vers 14 heures, j'attrape un café et je rejoins mes collègues en session de formation.

Le *training* du jour traite des spécificités du LNG, un gaz naturel liquéfié. Habituellement, je suis passionnée par les carburants propres ; la réunion commence, et je suis attentive.

Je note au crayon que le gaz naturel doit être refroidi à -162 °C pour devenir liquide. Et que, ce faisant, le volume du gaz diminue d'environ six cents fois. Ensuite, sur mon carnet, je dessine un méthanier. Je griffonne ses cuves en demi-cercle, ses ponts, son sillage.

Son sillage… Cette longue traînée blanche qui ne dure qu'un instant, une écume bouillonnante me rappelant presque les volutes de la mousseline de soie à l'enterrement… Peu à peu, sans que je m'en rende compte, mon esprit quitte la réunion pour retourner au mystère de Liane. Je ressens ce désir irrépressible d'en savoir plus. Qu'est-il réellement arrivé ? Est-il possible que quelqu'un s'en soit pris à ma sœur ?

Je suis en train d'y réfléchir lorsque l'écran de mon iPhone s'allume. Un mail reçu. C'est Maeva. Avec pour objet : « J'ai trouvé le mot de passe Facebook de Liane ! » Mon cœur s'accélère. Un coup d'œil discret à mes collègues m'apprend que toute l'équipe est concentrée sur les spécificités du LNG. La voie est libre.

Sans attendre, je me connecte sur Facebook avec les identifiants de Liane. Arnaud me lance un clin d'œil, j'esquisse un sourire puis je reprends mes recherches. Je regarde les contacts que Liane avait bloqués. Valentin, Célia : des prénoms familiers qui apparaissaient déjà dans le journal intime. Et un Thibault : de lui, je ne sais rien.

Ensuite, je parcours les dernières conversations dans Messenger. Certains passages sont durs à lire… La fille, Célia, se moque de ma sœur, de ses vêtements, de ses paroles. Dans d'autres messages, Liane se dispute avec son ami Raphaël. Dépitée, j'adresse un regard triste à Arnaud. À la pause, il vient s'asseoir à côté de moi, l'air soucieux. Il me pose quelques questions, et je partage avec lui mes récentes découvertes.

Il est 16 heures, le soleil tape fort sur la grande baie vitrée de la salle de réunion. Une odeur de poussière chaude et de stylo Velleda flotte dans l'air, étrangement réconfortante.

Liane

Extrait de texte retrouvé chez Liane par son père.

En première, je garde le même groupe d'amis. Cette année, Raphaël, Justine et moi sommes dans la même classe. Parce qu'il a choisi d'autres options, Valentin n'est plus avec nous, mais il nous rejoint parfois à l'interclasse.

Avec lui, les choses deviennent plus compliquées. Le sujet du collège et de ce qui s'y est passé est quasiment tabou. Dans la cour, Célia continue à se moquer de moi et me traite de macaque. Je ne sais plus quoi faire pour la faire taire, je commence vraiment à être dépassée. J'aimerais arriver à protester, trouver quelque chose à dire, arriver à la dénoncer. Je n'y arrive pas.

J'aimerais que tout ça s'arrête pour de bon. La situation me pèse, et je ne sais plus comment faire pour m'en libérer. Je n'arrive pas à me mettre dans un état d'esprit positif, je n'arrive plus à avancer. Mes nuits recommencent à être agitées. Je sens la déprime arriver à grands pas, et ça me fait peur.

Je me dis que, peut-être, si je prends mon courage à deux mains et que je parle directement à Célia, la situation deviendra plus simple. Je mets longtemps à me décider.

J'ai peur de m'effondrer, de ne pas être assez forte, d'être tournée en ridicule encore une fois. Juste avant les vacances de Noël, le 13 décembre 2012, je lui envoie un long message via Facebook en lui disant ce que j'ai sur le cœur. Elle me répond, mais la conversation tourne en rond entre moqueries et reproches mutuels. Je passe la soirée en pleurs, me sentant néanmoins soulagée d'avoir essayé de parler.

Pendant le réveillon de Noël, je me bats contre mes démons intérieurs, contre cette envie de mourir qui revient à la charge, cette envie de tout lâcher et de me laisser couler. J'ai peur, et personne ne semble comprendre. En février 2013, je réessaie de me tuer, mais par manque de courage ou de réelle motivation, c'est une nouvelle fois un échec.

Mois de mars. Les semaines passent, et le printemps revient. La douleur et le désarroi me tiennent compagnie. Les journées de lycée sont compliquées à vivre. J'ai peur de Célia, j'ai peur de Valentin. Il se passe des choses dans les couloirs, ces choses dont je ne veux pas parler. Je suis convaincue que certains surveillants savent ce qu'il se passe, et je ne comprends pas pourquoi personne n'intervient pour m'aider. Je suis malheureuse, mais je crois qu'après tout ce temps je me suis habituée à vivre ainsi.

Les disputes entre mes parents s'intensifient, les menaces de divorce se font plus nombreuses. Je ne me fais aucune illusion, je sais qu'ils vont bientôt se séparer.

Je noie ces tourments dans mes écrits. J'étudie la science pour faire plaisir à mes parents, mais si j'avais eu le choix j'aurais choisi un bac littéraire. J'ai beau avoir beaucoup de doutes, ceci est une certitude : je veux devenir écrivain plus tard. J'adore imaginer des choses. Du coup, le bac de français qui approche ne me fait pas peur. Je travaille dur. Je veux croire, vraiment croire que je peux m'en sortir.

*

Année de terminale, mois de novembre. Je me replonge dans le piano et dans les cours pour tenter d'oublier, mais cette fois-ci c'est un échec. Je revois les événements chaque jour, c'est comme des flashs. Les journées sont tellement épuisantes moralement que je m'endors dès 18 heures.

J'ai épuisé toutes mes ressources. Je ne sais absolument plus quoi faire. C'est à ce moment-là que je décide d'aller parler à l'infirmière de mon lycée. Je lui explique mon désespoir, mon envie d'en finir. Dès lors, tout s'enchaîne très vite, de façon incontrôlable : mes parents sont mis au courant, la situation se dégrade encore plus à la fois au lycée et chez moi. On me harcèle de questions, et moi je me sens couler… Quelques semaines avant le bac, à bout de forces et ayant conscience de l'urgence de la situation, je finis par aller prendre rendez-vous au CMP.

L'homme

Liane, elle y est passée comme les autres. Sur elle, il a effectué les gestes habituels. Des gestes qu'il a déjà exécutés cent fois, méthodiquement, étape par étape.

Jamais il ne parle des gestes à ses proches. Pourtant, la répétition aidant, sa petite routine lui paraît presque naturelle. Comme il l'affirme lui-même : on prend plaisir au travail bien fait.

Louise

Fin de journée. Je m'isole dans l'escalier, j'appelle Maeva et la remercie pour le mot de passe Facebook. Ensuite, je me lance dans la description de l'homme en noir. Elle ne se souvient pas de lui durant l'enterrement. Je lui raconte alors la poursuite dans les rues de Singapour, et ma déception d'avoir fait chou blanc.

Maeva est solidaire : elle m'affirme qu'on va retrouver cet homme, qu'elle va m'y aider. Ça me paraît impossible… Mais elle est très motivée. Cette jeune femme se bat, elle aussi, pour la vérité.

Liane

Extrait du « Carnet de bord des derniers jours » de Liane.

« J'ai quelques regrets, bien sûr. Mais je ne suis pas trop triste. Je sais à quoi je renonce. Les bonnes choses. Qui ne font pas le poids face aux mauvaises. Je suis prête. Je savais que cela allait arriver, et là, c'est le moment. »

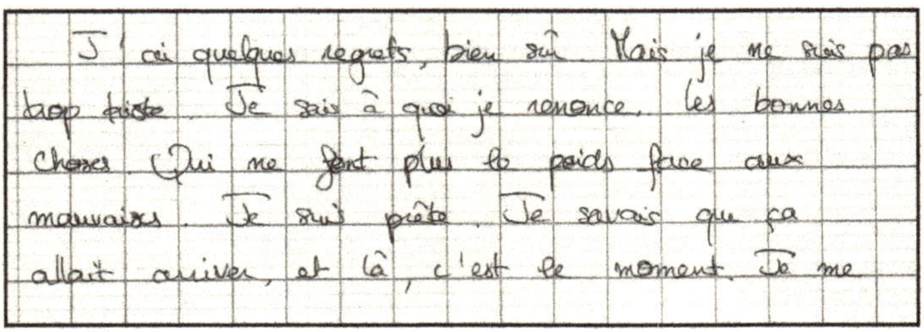
J'ai quelques regrets, bien sûr. Mais je ne suis pas
trop triste. Je sais à quoi je renonce. Les bonnes
choses. Qui ne font plus le poids face aux
mauvaises. Je suis prête. Je savais que ça
allait arriver, et là, c'est le moment. Je me

Louise

Jeudi. Je suis obnubilée par les informations qu'on pourrait retrouver sur ma sœur. Je déballe une barre chocolatée et commence à ruminer.

Au bureau, toute l'équipe se retrouve en salle de pause. Une vente importante vient encore d'être signée par Matteo, notre meilleur trader, avec des clients coréens. Je me mêle aux autres, mais je me sens en décalage. Alors je pars m'installer dans une salle de réunion déserte. Loin de moi l'envie de m'isoler socialement, mais je n'ai juste pas le cœur à manger des petits fours.

Un thé vert à la main, je m'assieds face à la grande table de verre. J'entends les éclats de voix de mes collègues, leurs discussions me parviennent étouffées par les murs épais. En portant le breuvage à mes lèvres, le souvenir remonte lentement.

C'était pendant mes vacances en France, l'hiver dernier. Je suis dans la boutique Kusmi Tea de Toulouse avec ma mère, rue Boulbonne. Je nous revois, reniflant toutes les boîtes de thé, espérant choisir celui qui plaira à Liane. Trop sucré, trop amer, trop fruité… La vendeuse nous fait respirer chaque parfum, en commentant les saveurs d'un ton professionnel.

Je reprends une gorgée de thé. Je ne saurais dire si son goût est doux ou amer. Le souvenir, lui, continue de remonter avant de s'imposer tout à fait. Je revois ce même sac de Kusmi Tea, posé sur une étagère dans l'appartement de Liane. Les yeux dans le vague, je me remémore la pochette de thé, son ruban bleu encore noué, l'emballage toujours scellé. Liane ne l'aura jamais bu. J'aurais pu choisir n'importe quel goût, ça n'aurait rien changé. Certains diront que je n'ai pas été très attentive, que j'aurais pu voir mille signes derrière l'apparente légèreté de ma sœur.

Peut-être est-ce vrai, peut-être ai-je manqué de vigilance. Toutes deux, nous vivions dans notre moment présent, comme deux enfants. Si j'avais emmené Liane boire ce thé sur place, si j'avais su regarder au-delà des mots… Alors peut-être aurais-je vu les yeux inquiets derrière le sourire de façade. Je soupire : il faudrait vraiment que je progresse, niveau empathie.

Combien d'autres personnes croise-t-on chaque jour, donnant le change, tandis qu'en leur sein se livre ce combat intérieur ? « Environ neuf mille personnes se suicident chaque année, m'indique Google. Et cela, rien qu'en France. »

Nostalgique, je mordille mon ongle en essayant de déterminer si, oui ou non, avoir lu cette statistique plus tôt m'aurait aidée à être plus vigilante.

Un collègue entre dans mon dos, il toussote. Pressé, il me tend un document que je signe sans lire. D'un mouvement de tête, je lui indique de refermer la porte, avant d'ouvrir mon ordinateur. Je vais travailler dur aujourd'hui. Je ne veux penser à rien d'autre qu'à mes tâches.

Pendant une heure, j'analyse les variations du prix du fuel à faible teneur en soufre, le LSFO. Soudain, une vision, sortie de nulle part : Liane, allongée dans son cercueil. Horrifiée, je retiens un cri, je serre les dents… Et la vision disparaît.

Liane

Extrait de journal intime retrouvé chez Liane par son père.

« Tiens le coup. »

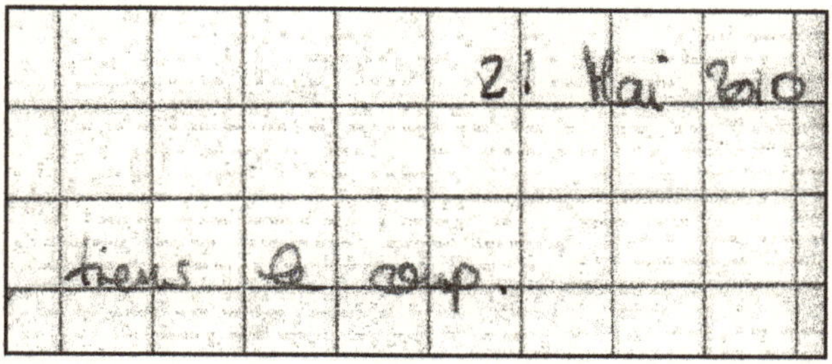
21 Mai 2010

tiens le coup.

Louise

Minuit. Un éclair suivi d'un coup de tonnerre me tirent de mon sommeil. Je me redresse sur un coude. James, allongé près de moi, n'a pas bronché.

Sur le sol, quelque chose brille. L'éclat argenté du métal. C'est l'agrafe d'un des feuillets de Liane, qui reflète la lumière du réverbère de notre rue. Il scintille, comme s'il m'appelait. Je me penche. Sur chaque page, l'écriture est ronde, soignée, familière. Certains mots sont soulignés, d'autres semblent mis en valeur via un système de couleurs. Je ramasse délicatement les feuilles quadrillées, je parcours du bout du doigt les perforations rondes sur le côté. Ma sœur a écrit des dates dans la marge, et des chiffres entre certains paragraphes. J'inspire profondément. Les textes semblent receler un message caché, et j'ai le sentiment d'avoir sous les yeux un immense puzzle, laissé juste pour moi…

Dehors, la pluie ruisselle, et les branches des palmiers tapent contre le carreau. Ce vacarme m'apaise. C'est comme si ce chaos m'aidait à me concentrer, comme si la tension des derniers jours s'envolait. Je me sens soudain pleine d'énergie, et la certitude s'impose à moi : je suis capable de remonter cette piste.

Je passe en cuisine pour me faire un thé. « Thé noir des Geishas », annonce l'étiquette. Il s'agit d'une boîte de thé rapportée de l'appartement de ma sœur. Son goût est fumé, un peu sucré, avec une légère saveur de vanille. Ensuite, je dépose les feuillets de Liane face à moi. Mon cœur bat fort. L'enquête est repartie.

L'homme

Récemment, il a eu affaire à un enfant. Il aurait préféré éviter, mais le hasard a voulu que ce soit un enfant. Une fillette de dix ans. Il a retiré son T-shirt un peu fort. Il ne pensait pas que cela provoquerait cette grande marque bleue sur son torse…

Il s'est occupé d'elle pendant une heure environ. Puis il est allé chercher de la crème teintée, afin de camoufler les bleus. Il est convaincu que c'est mieux si ses parents ne voient pas l'ecchymose.

Louise

Maeva s'est lancée à corps perdu sur les traces de l'homme en noir. Dans un message, elle m'explique qu'elle s'est procuré toutes les copies des caméras de surveillance de la rue de Liane, auprès de la ville de Toulouse, pour la période d'avril. Puisque Liane a été retrouvée début mai. Elle me précise qu'en France toute personne filmée par la vidéo-surveillance publique a le droit de visionner les bandes : il suffit d'en faire la demande par écrit. Elle-même se rendant très souvent chez Liane, elle apparaît sur les sauvegardes, et sa requête a donc été acceptée. Elle visionne les films un par un, espérant y découvrir un indice.

Cette fois, pas question d'être en reste. Je lui annonce que je vais passer en revue tous les SMS de Liane, dont les copies sont stockées dans le Google Drive. Maeva trouve l'idée excellente : on fera le point dans trois jours.

Je suis contente qu'on soit ensemble dans cette aventure. Et pourtant... j'espère que nous ne sommes pas toutes les deux en train de nous précipiter dans une voie sans issue.

Liane

Extrait d'un poème de Liane.

Faut-il être endormi pour rêver ?
Faut-il être un enfant pour être protégé ?

Louise

En semaine, le métro de Singapour est bondé dès 7 heures du matin. Restée debout, je m'adosse à la paroi et je sors mon iPhone. Je parcours les messages courtois qu'une certaine Véra Faucheur a envoyés à Liane. Son nom m'évoque quelque chose… On dirait qu'elle est professeure, mais les échanges sont très amicaux. Le métro freine, un homme perd l'équilibre et se rattrape à moi. Je le retiens, il s'excuse. Je reprends mon investigation.

Quelques clics sur Google me confirment que cette Véra enseigne bien à l'université. Je me souviens à présent de l'avoir croisée à l'enterrement. Ses SMS datent du 15 avril dernier. Elle félicite Liane pour son parcours, puis lui annonce son admission en école de forensique. Dans un tout dernier SMS, Véra encourage Liane à continuer ses efforts… Nous sommes une semaine avant sa mort.

En descendant du métro, je fais défiler des conversations avec un certain Mickaël Santorin, sexologue. Tiens, il écrit à Liane « à demain », en date du 26 avril. Et le 27 avril il déclare l'avoir attendue une demi-heure et devoir bientôt quitter le cabinet… Ça vaudrait le coup d'appeler ce type. On ne prévoit pas une consultation avec un sexologue à la légère, surtout en période de grande détresse.

Liane

Extrait d'un poème de Liane.

Faut-il fuir pour être libre ?
Faut-il crier pour être entendu ?

Louise

10 heures. Maeva me contacte en pleine réunion. Sur la messagerie, elle insiste pour que je la rappelle rapidement. Mon sang ne fait qu'un tour, alors je m'excuse et me dirige à pas feutrés vers l'escalier de service, téléphone en main.

— Allô ?

La cage d'escalier résonne. À voix basse, je reprends :

— Salut, Maeva, il y a un souci ?

— Non, finalement c'est rien… Je suis juste très fatiguée. Désolée de t'avoir dérangée. Par contre, les vidéos, ça a fini par donner quelque chose… Il y a un mec qui est souvent dans la rue de la Colombette, un type maigre avec une veste en jean. Il a l'air de parler avec Liane régulièrement. Parfois, on le voit traverser la chaussée pour aller vers elle. Il est accompagné d'un ado blond en jogging, certains jours.

— OK, et donc ils font quoi ? Ils discutent ?

Je l'entends se verser un café, puis je perçois le léger tintement de sa cuillère mélangeant le sucre.

— Oui, plus ou moins… En fait, c'est pas très clair. Assez vite, ils sortent du champ. À un moment, on les voit pousser Liane sur le côté, mais c'est plutôt amical, je pense. Et toi, tu as trouvé quoi ?

— Ben, j'ai peut-être un truc… Un rendez-vous avec un sexologue, ça te parle ?

— Bien sûr, je t'en ai parlé. Liane l'a vu la veille de sa mort.

J'étouffe une exclamation de surprise.

— Ah, tu es sûre ? Parce qu'on dirait qu'elle ne s'est pas rendue au rendez-vous.

— Elle y est allée au moins une fois, en tout cas. Du moins, c'est ce qu'elle m'a dit. Elle voulait parler à ce monsieur de quelque chose de très important, mais à moi elle n'a pas lâché un mot. J'ai eu beau insister, rien à faire.

— OK, merci beaucoup, Maeva. Sinon, ça va aller, toi ? Tu as une petite voix.

Elle semble troublée.

— Oui… T'inquiète, je gère. J'ai juste un rhume, reprend-elle après un court silence. On se tient au courant.

De retour dans l'open space, je reprends une analyse de chiffres à peine entamée. Mon entreprise passe quotidiennement des transactions de plusieurs millions de dollars. Il faut vérifier chacune d'entre elles. Je sais qu'une erreur dans mon travail peut engendrer de lourdes conséquences financières. Pourtant, impossible de me concentrer. Mon esprit parcourt la rue de la Colombette de long en large. Car il y a un indice, je le sais, je le sens. Il y a quelque chose à comprendre, la réponse se trouve là…

Je culpabilise pour mon travail, mais cette enquête doit passer en premier, c'est vital. Alors, dans mon for intérieur, je me justifie : *Je mettrai les bouchées doubles plus tard. Là, j'ai une priorité. La famille, c'est important.*

À côté de moi, la photo de ma sœur me sourit, comme pour acquiescer.

Je ne peux pas l'abandonner.

Liane

Extrait d'un texte de Liane, retrouvé sur son ordinateur. Destinataire inconnu.

Mes phrases sont dures, je le sais. Ne crois pas que ce que je t'écris me fait plaisir. Moi aussi, cela me touche, cela me blesse. Oui, tu me trouveras froide. Plus la personne est proche, plus la désillusion fait mal.

Ne crois pas en lisant ces mots que je ne veux plus de relation avec toi. Bien au contraire. Cependant, il faut que tu le comprennes. Quand je te dis que je suis à bout, c'est que le réservoir est vide. Alors, si tu as la force de te battre pour nous, et c'est un point sur lequel j'insiste, montre-le-moi.

Louise

À midi, Maeva m'écrit : « Tu ne vas pas croire ce que j'ai découvert. Le Valentin et le Thibault qui sont bloqués sur le Facebook de Liane étaient bien dans sa classe au lycée. Probablement au collège aussi. En plus, ils vivent toujours à Toulouse, à deux pas de chez Liane. J'ai comparé les photos et je pense que c'est eux sur les vidéos prises rue de la Colombette. »

Ensuite, elle me raconte qu'elle a fait une crise d'angoisse un peu plus tôt, que ça a été dur et éprouvant. Presque timidement, je lui demande : « Et maintenant, comment te sens-tu ? »

Je suis soulagée de lire sa réponse : « Bien, ça va mieux. Là je travaille sur mon lit. Je corrige des bugs informatiques. C'est plus dur de bosser quand les autres sont là, finalement. Allez, courage pour la fin de journée. »

Je l'apprécie de plus en plus. J'espère qu'elle va aller mieux.

Liane

Poème retrouvé dans la chambre de Liane.

Rien n'était prévu, mais tout est arrivé.
C'est pourquoi j'irai, je voyagerai.

Je serai l'électron libre de vos mondes.
Pas parce que je l'ai choisi, mais parce que je le suis.

Louise

12 h 30. Je fais la queue devant un stand de street food, entre un brun à capuche et une femme en tailleur.

Nous sommes à Lau Pa Sat, une chapelle coloniale construite en 1894. D'après Arnaud, c'est ici qu'on prépare les meilleures nouilles de la ville, et d'avance je me régale. Le fumet du bouillon de poulet chatouille mes narines. Ça me rappelle quand Liane insistait pour qu'on mange du poulet à Noël, au lieu de la traditionnelle dinde. Et pas n'importe lequel : le poulet de chez KFC, qui n'a aucun goût ! Je secoue la tête en pensant à ses vieilles lubies et je rejoins mon équipe autour d'une grande table ovale.

J'allais avaler ma première bouchée lorsque je reçois un message de Maeva sur WhatsApp. La notification s'affiche, et j'ai à peine le temps de lire : « J'ai vu Liane. »

J'ouvre le message.

D'abord, je ne comprends pas. Mon cerveau met quelques secondes à analyser l'information. Mes yeux parcourent en diagonale le texte : « J'ai vu Liane en rêve hier. Elle est venue me voir. Du coup, je lui ai demandé pourquoi elle écrivait à une Pauline. »

Comme c'est étrange ! Maeva pose des questions à Liane dans ses rêves… Et Liane lui répond. Je hausse les sourcils.

Je ne sais pas si c'est complètement fou ou très intelligent. Après tout, on parle souvent de ces informations tapies au fond de notre inconscient…

Maeva m'a laissé un message vocal. Je pars m'isoler sous le grand ginkgo biloba de la rue pour l'écouter : « Dans mon songe, j'ai questionné Liane à propos des mails qu'elle s'envoyait à elle-même. Elle a rigolé. Elle m'a dit qu'elle savait bien qu'elle n'était pas Pauline. Elle s'est assise sur une sorte de gros pouf et elle s'est étirée. Ensuite, elle a affirmé qu'il ne s'agissait pas de conversations anodines, et qu'on devait prêter attention aux détails. »

Maeva is recording…

Maeva is recording…

« La Liane de mon rêve m'a expliqué qu'elle notait tout pour le jour où elle aurait enfin le courage de porter plainte contre ses harceleurs. À chaque incident avec Célia, Valentin ou avec d'autres personnes, elle en gardait une trace de manière codée… »

Liane

Poème retrouvé dans la chambre de Liane.

Rappelle-toi de nos rires et nos mots,
De nos silences, de nos pensées,
De ces instants partagés.
Souviens-t'en.

Louise

En arrivant à la maison, je rassemble tous les documents de Liane dont je dispose. Je les trie, les numérote, les classe dans l'ordre chronologique. Ma main tremble un peu. Y a-t-il réellement un code dans ses textes ? Un second niveau de lecture ? Je les étale sur la table en prenant soin de ne pas abîmer les textes manuscrits. Et puis quel est le rôle de cet homme en noir ? De plus en plus, j'ai l'intuition d'un lien entre lui et le décès de ma sœur…

James semble déçu que je ne l'accompagne pas à la piscine. En remontant, il paraît agacé de me découvrir plongée dans mes textes. Je crois qu'il ne s'attendait pas à me voir repartir ainsi dans l'enquête. Peu m'importe.

23 heures. Je suis en train de plastifier un texte avec une petite machine électrique lorsque James explose.

— Ça t'aide vraiment ce que tu fais, là ?

Comme je ne réponds pas, il attrape l'un des feuillets qui traînent sur la table et l'agite sous mon nez.

— Tu en trouves, des indices, dans ces documents ?

— Parfois… Je crois, oui.

— Moi, je crois surtout que tu perds ton temps et que tu es en train de te noyer.

Suspendue à ses lèvres, je me retiens de respirer. Il pose le document.

— Mais enfin, Louise, il faut que tu l'acceptes ! Ce n'est pas grave si tu ne découvres jamais la vérité sur cette affaire.

Je me tais, tête basse. Il soupire.

— La seule chose qui compte maintenant, c'est que tu commences à faire face.

Il gesticule.

— Cela fait des semaines que tu t'obstines. Tu dois te remettre à travailler, à voir des gens. Essaie de remonter la pente. Parce que là…

Je mesure son effort pour se reprendre. Il confisque gentiment mon ordinateur et s'assied sur le lit.

— Bon, tu m'as parlé du soignant de Liane au centre. Nicolas, c'est ça ?

J'acquiesce.

— Eh bien, au lieu de lire en boucle les messages des harceleurs de ta sœur, concentre-toi sur ce que lui disaient les gens qui la soutenaient. Sur le positif.

— Je ne sais pas…

— Écoute, c'est vraiment triste de te voir perdre le sourire. Moi, ça me fait de la peine de te voir ruminer comme ça. Alors ce que je te propose, c'est que, ce soir, on regarde ensemble les messages que Liane a échangés avec ses soignants. Comment elle essayait de se remettre de tout ça.

Il place une main sur ma jambe.

— Ça nous donnera peut-être des pistes pour que tu récupères aussi.

Liane, l'entretien

Lettre écrite par Liane à Nicolas, son soignant du centre. Le document provient du Google Drive de Liane.

Cher Nicolas,

Si je vous écris ceci, c'est parce que dans quelques heures je serai trop mal pour vous dire quoi que ce soit. Je sais que lorsque vous lirez ces lignes je serai assise devant vous, tendue, les bras croisés et le visage fermé. C'est parce que, d'une façon volontaire ou non, j'ai été blessée. Et pour le moment, c'est dur pour moi de revenir ici. Vous me disiez me trouver obtuse, entêtée et hermétique à vos mots ; sachez que ce n'est qu'une protection.

Laissez-moi vous dire que je comprends votre point de vue. Je peux entendre que vous trouviez que la situation est au point mort. C'est vrai, j'ai décliné plusieurs options que vous auriez pensé bénéfiques. J'ai rejeté la possibilité d'hospitalisation, ne pensant pas que cela aurait pu m'aider. J'ai refusé les traitements médicamenteux, et ce même si je suis à ce jour incapable de justifier pourquoi. Je mets en doute l'idée de contacter mes parents, car je ne ressens pas l'envie de m'expliquer avec eux, j'ai juste besoin d'être protégée d'eux.

Pour autant – et je sais que c'est un point litigieux – je n'ai pas dit non à tout, comme vous le dites. J'ai accepté de vous lire à haute voix mon journal intime du collège, et de vous raconter mes années de harcèlement scolaire.

J'ai accepté de vous écrire une dizaine de pages sur l'agression et Dieu sait combien ça a été douloureux. J'ai accepté d'aller devant la police pour porter plainte, deux fois, suite aux discussions que j'ai eues avec le psychiatre – je vous laisse imaginer à quel point cela a été éprouvant.

Ce n'est pas tout. Je suis aussi allée à la réunion du PAI[1], et j'en ai tant souffert que j'ai enchaîné connerie sur connerie après la réunion. J'ai accepté de consulter de nouveaux psychiatres, dans et en dehors de la structure du centre. Peut-être plus anodin pour vous, j'ai accepté de prendre des repas sur place même si, pour moi, ça reste une grande source d'angoisse de manger devant d'autres personnes.

Comme vous, je désespère de trouver une issue à cette situation. Je me sens plus que nulle. Je suis triste de faire tant d'efforts pour si peu de résultats. Et pour ne rien arranger, je culpabilise de vous mettre en difficulté de la sorte.

Cependant, Nicolas, il y a une chose que je veux vous dire. Quand je suis arrivée ici, je n'avais rien. Je n'avais pas d'amis, plus de famille, des études sur le point de dérailler, un moral plus bas que terre… Et vous m'avez accueillie. Doucement, j'ai reconstruit un semblant de vie. J'ai retrouvé des repères, ici. Pour moi, le centre est un endroit où parler, un endroit où venir quand ça ne va pas, même sans rendez-vous, un endroit où je sais

1. Projet d'accueil individualisé (source : Google).

que je ne dérange pas, un endroit où venir travailler, un endroit avec des amis aussi. Un refuge. Et lentement, très lentement, comme un animal apeuré à qui on offre un peu de chaleur et de nourriture, j'ai commencé à me sentir en confiance. À être de plus en plus moi-même, à arrêter de me cacher derrière des sourires illusoires, à me confier à vous et à m'ouvrir aux autres.

Alors, dites-moi, Nicolas, avez-vous eu conscience de ce processus ? De mon investissement, de l'énergie que j'ai mise à établir cette confiance ? Aviez-vous réalisé combien ce fut difficile et laborieux pour moi ? À la lumière de ce que vous m'avez dit ces derniers jours, j'en doute. Mais c'est pourtant ce qu'il s'est passé.

Voilà ce que je voulais vous dire, voilà ce que je n'ai pas su prononcer à voix haute. J'espère que mon texte vous aura un peu éclairé sur mes pensées et mes réactions. Je profite de cet écrit pour m'excuser de ma réaction impétueuse qui, vous l'aurez compris, est due au mélange de colère et de tristesse que j'ai pu ressentir lors de notre récent entretien.

Pour être honnête, je n'ai pas de solution à l'impasse dans laquelle nous sommes, mais j'aimerais vraiment que vous reconsidériez votre proposition. Un relais vers un Centre hospitalier spécialisé (CHS) me semble être une option trop douloureuse pour être une bonne solution. De plus, je ne me sens pas capable de rejoindre une structure psychiatrique d'internement.

L'homme

À son âge, il en a vu passer, des femmes. Certaines étaient très belles, d'autres affreuses. Il s'est occupé de chacune avec le plus grand soin.

Ce qui l'a surpris chez Liane, c'est qu'elle avait des pieds d'enfant. Pas des pieds meurtris par des talons, pas des chevilles anguleuses, non. Au contraire : la peau était toute douce sous ses doigts.

Il a eu tout le loisir de l'observer lorsqu'elle était inconsciente. Et ce dont il se souvient le plus, c'est son expression d'innocence. On aurait dit qu'elle n'était jamais sortie de l'enfance. Pourtant, elle était majeure. Cela, il en est sûr.

IV

NAUFRAGE

James

Cela fait des mois que je suis patient, que j'essaie de l'aider, de la soutenir. Des mois que je fais des efforts, sans un merci, sans un sourire. Je me démène pour rien.

Impuissant, je vois Louise sombrer un peu plus chaque jour. Je vois la femme que j'aime lentement se ternir et dépérir. J'ai beau me battre pour elle, peine perdue. Ma fiancée se laisse couler sans un regard. Pourtant, tout comme elle, j'ai été touché par le suicide de Liane. Mon rôle de conjoint, loin d'être moins douloureux, a simplement été plus ingrat.

Louise

J'ouvre la porte de l'appartement, le studio est plongé dans le noir. Une boîte de chocolats à demi entamée traîne sur le comptoir. James n'est pas rentré. Ça m'arrange, je n'ai pas bonne mine et je ne me sens pas d'affronter ses questions.

Sans allumer la lumière, je pars me réfugier dans cette pièce minuscule qu'entre nous on surnomme « le boudoir ». Trop petite pour qu'on en fasse une chambre, cette pièce de deux mètres carrés surplombe la piscine du condominium : mon lieu de méditation favori. Ce soir, la pénombre lui confère une douce intimité. J'entre, je m'assieds sur le tapis. Du bout des doigts, j'ouvre la boîte qui contient les affaires de Liane… J'en sors son vieux pyjama, je le déplie. Ma main tremble un peu. Je serre le tissu imprimé contre mon cœur, puis je le porte à mon visage.

C'est troublant. Le vêtement a conservé l'exacte odeur de ma sœur. Une odeur douce, chaude, presque sucrée. J'ai l'impression de marcher sous des noisetiers un après-midi d'automne. J'ai l'impression de pouvoir la prendre dans mes bras, de l'avoir près de moi. J'imagine Liane fermer les yeux, un sourire flottant sur les lèvres. Sur le tapis, mon corps se détend. Ma respiration se calme, mes épaules se relâchent. Je reste là, immobile, le nez enfoui entre les plis du tissu. Et je voudrais que ce moment dure toujours.

Bien sûr, l'odeur finira par partir du vêtement. J'ai beau fermer la boîte hermétiquement, je suis consciente que cela ne suffira pas.

On dit que toutes les odeurs parviennent directement à notre cerveau sans jamais être filtrées par notre inconscient. On dit que c'est pour cela que nos rêves n'ont jamais d'odeur. Petit à petit, mon refuge olfactif va s'étioler, puis disparaître. Et ce jour-là je serai seule.

Je me relève avec les yeux qui piquent. Dans la pénombre, je vais m'asseoir au bar de la cuisine, j'enfouis la tête entre mes mains et je demeure silencieuse. Des flashs me reviennent. Je crois entendre Liane comme si elle était dans la pièce avec moi. Bien sûr, il n'y a personne.

Dans la rue, un chien aboie, les lampadaires se sont allumés. D'un revers de main, j'essuie mes larmes. J'attrape mon iPhone. Sans vraiment réfléchir, je me connecte au compte Facebook de Liane. Je m'étais promis de ne plus y toucher… Peu importe.

Un bruit. L'arrivée de James interrompt ma rêverie. Il lâche ses clés sur la table, et je repère son léger froncement de sourcils. Je lui souffle :

— Ne me juge pas.

Et avant qu'il ait le temps de répondre quelque chose, j'ajoute :

— Je ne savais pas quoi faire d'autre.

James s'assied, retire l'une de ses chaussures, puis l'autre. Il réfléchit un instant, puis se tourne vers moi.

— Décris-moi cet homme que tu penses avoir aperçu en bas de ton bureau. Tu es certaine que tu l'as aussi vu à l'enterrement ?

— Oui. Je crois que c'était lui.

— Tu crois ?

— Je l'avais bien observé à Toulouse, pendant la cérémonie.

— Pour quelle raison ?

— C'était l'un des seuls habillés en noir… Et puis cette attitude… Comme s'il savait quelque chose que tout le monde ignore. Puis brusquement il s'est levé et il est parti vers les voitures.

— Et c'est tout ?

— Oui.

James passe la main sur son visage.

— Bon, écoute, ces obsessions sont malsaines et m'inquiètent. Tu délaisses ton travail, à la maison c'est compliqué… Maintenant il va falloir que ça cesse.

— Mais…

— Il n'y a pas de *mais*. Je t'ai épaulée sans rien dire, et à présent j'en ai assez. Je ne peux plus continuer ainsi. Alors je te le demande gentiment, tu vas arrêter.

Il se lève.

— Tu vas arrêter de tout suranalyser, arrêter de rassembler des éléments, et tu vas t'occuper de toi. Et de nous.

— Ah ?

— Je ne suis pas le mieux placé pour parler d'équilibre professionnel et personnel, mais là il faut vraiment que cela cesse. J'en ai ma claque.

Il abaisse d'un coup sec l'écran de mon ordinateur et part au salon. Une minuscule partie de moi sait qu'il a raison. Une autre, bien plus bavarde, me dit que cet homme en noir sur le parvis du cimetière avait quand même une attitude étrange.

Liane

Extrait d'un texte de Liane, retrouvé dans son ordinateur.

Je crois que c'est tout ce que je peux faire. Attendre. Espérer. Je ne voulais pas te quitter, mais rester était impossible.

Louise

La période de la mousson commence. En Asie, il pleut chaque jour. Allongée contre James, je me remémore les événements des mois passés… Et je m'endors vers minuit. La dernière chose que j'aperçois, c'est la figurine de verre, sur l'étagère en face de mon lit.

Je rêve de Liane. Elle patine. Elle virevolte sur un lac gelé. La glace, aux reflets d'eau claire, renvoie sur elle une lumière diffuse. Son visage en est presque bleuté, il scintille. Elle paraît irréelle. Une fille de cristal.

Jeune, belle, talentueuse sur le miroir blanc, elle est libre. La glace est souple et ferme à la fois sous la lame de son patin. D'un geste, elle m'attrape et me tire par les poignets. Elle, à l'envers, moi, à l'endroit, on glisse ensemble un moment. Elle me sourit, puis tout devient blanc. Seul le crissement des patins me parvient. Je sens la morsure du froid sur mes joues, la vitesse. J'entends le battement régulier de nos cœurs.

Soudain, elle me lâche. La brume se dissipe, je l'aperçois au loin sur le lac. Elle s'élance dans un salto. Lorsqu'elle atterrit, mon cœur rate un battement. La glace du lac sera-t-elle assez solide ? Mais Liane se pose avec grâce sur un pied. Il y a une rafale d'air frais. Sur la berge derrière elle, les branches gelées s'entrechoquent. Je la vois s'éloigner encore, prendre de l'élan pour un second salto. Lorsqu'elle décolle, la glace crisse bruyamment.

Elle lance la jambe, tournoie, prend un nouveau virage sur la piste. Je veux la suivre, mais je ne sais pas patiner.

Au bout du lac, elle s'élance encore. Elle s'envole, tourne sur elle-même. Lorsqu'elle se rétablit d'un bref mouvement de cheville, elle freine d'un coup sec et s'immobilise. Presque immédiatement, elle tombe en grand écart. Sans me regarder, elle lève un bras au-dessus de la tête, comme pour saluer un public invisible. Seul le croassement d'un corbeau lui répond.

Liane

Extrait d'un texte de Liane, retrouvé sur son ordinateur.

Je suis persuadée, pourtant, qu'elle l'a vue. Oui, elle a vu cette détresse dans mes yeux. Je suis consciente que j'aurais pu tenir, mais à quel prix ?

Louise

Il m'a fallu promettre à Sophie de fermer le compte Facebook de notre sœur. Sophie affirme que ce compte fantôme l'empêche de faire son deuil, et je la comprends. On s'éloigne l'une de l'autre, en ce moment… Notre famille, qui était si soudée, part à la dérive. Nous ne trouvons plus les mots pour nous entendre.

Je m'assieds à la table du studio. Je verse de l'eau dans mon verre et bois doucement. Puis je me connecte au compte : Liane a reçu des invitations à des soirées, des messages… Ma sœur était plus populaire que je ne l'aurais imaginé. Physiquement, on se ressemble tellement… Je pourrais presque rentrer en France, mettre ses vêtements, aller à ses soirées. Essayer de vivre nos deux vies en même temps. Je le pourrais presque, mais je ne suis pas Liane, je l'ai bien compris.

Dehors, le ciel s'assombrit. L'orage arrive sur Singapour… En fouinant dans les paramètres du compte, je tombe sur une sélection de musiques qu'elle a approuvées d'un « J'aime ». Il y en a une que j'adore : *Cet été-là…*, de Joe Hisaishi. Je la lance sur la sono.

Les photos défilent, je clique en rythme. Ma sœur affiche un sourire lumineux, posant devant un voilier de plaisance avec Raphaël et leur bande d'amis.

Puis vient une photo, taguée au nom de Célia. Accoudée à un stand de tir, la fille tourne le dos à la caméra. Dans sa main, une peluche jaune. Une fête foraine ? Les longs cheveux blonds de Célia semblent onduler sur l'écran. Elle est fidèle à l'image que je me faisais d'elle : une ado espiègle, loin de tout soupçon… Un instant, je me demande ce qui l'a poussée à se moquer des autres. Se pourrait-il qu'elle ait été amoureuse de ma sœur ? Qu'elle lui en ait voulu pour cet amour impossible ?

La musique devient entraînante. Je clique et je le vois : Liane s'est écrit à elle-même sur Facebook aussi. Des centaines de messages où elle se raconte des choses, puis elle se répond. Le tonnerre gronde, la vitre vibre longuement.

Le reste de la soirée ne m'en apprendra pas plus. Vers minuit, je conserve une copie de tous les échanges de Liane et je supprime le compte Facebook.

Derrière les vitres du studio, les premières gouttes de l'orage viennent s'écraser.

Liane

Extrait d'une nouvelle de Liane, retrouvée dans son ordinateur.

Il fait noir ici. Je ne te vois pas, mais je sais que tu es là. Je te connais par cœur. Je peux percevoir le geste amorcé de ta main pour essuyer la goutte de tristesse, ton renoncement devant la multitude qui se présente maintenant au coin de tes yeux. Je peux imaginer ta main redescendre lentement.

Ton baiser sur ma joue n'aura pas lieu. Il est trop tard maintenant, je dois partir. Nous le savons, tous les deux. J'ai beau me le répéter, je ne veux pas y croire. C'est si soudain. Je sens tes lèvres esquisser le début, le tout début de ce baiser. Tu t'arrêtes, à mi-chemin. Toi aussi, tu le sais. Il n'aura pas lieu. Tu dois me laisser partir.

Louise

C'était trop tôt… Clôturer le compte Facebook m'a bouleversée : j'ai eu l'impression d'abandonner Liane. Je réalise à présent que cette page me permettait de la garder dans mes journées. De passer du temps avec elle… Impossible de faire marche arrière pourtant : Sophie serait tellement déçue.

Par dépit, je me fais porter pâle et reste au lit. Mon collègue Arnaud m'envoie plusieurs messages. On devait aller boire un verre entre collègues ce soir et, que je sois malade ou pas, il tient à m'y voir. Il insiste. Pour avoir la paix, je promets que je serai là.

Ensuite, je me prépare un thé. J'écoute le bruit de la bouilloire, sans penser, sans parler.

Liane

Extrait de journal intime retrouvé chez Liane par son père.

Aujourd'hui en cours, j'ai ri. J'ai plaisanté, j'ai discuté avec tous. Je suis même rentrée chez moi en souriant. Avant d'être durement confrontée à la réalité.

Depuis mes 15 ans, je me suis inventé une étrange façon de gérer les choses. J'imagine que je peux voler, comme un oiseau, loin de ceux qui sans cesse tentent de me blesser. C'est ma façon de moins souffrir. Sauf que ma stratégie est à double tranchant. Car lorsque mes ailes fatiguées s'arrêtent de battre et que je retombe sur terre, la souffrance est double.

Louise

Je longe Boat Quay et je traverse le Malacca Bridge. Je l'ai dit à Arnaud : un verre, pas plus. Le rendez-vous est fixé à 19 h 30, à l'Helipad Rooftop Bar, un ancien héliport réaménagé en club chic pour l'élite singapourienne.

Je n'ai pas précisé à Arnaud que j'étais sujette au vertige, que je ressentais une inexplicable attirance pour le vide. Non : à la place, j'ai mis une jolie robe Chanel et des escarpins beiges. Je me suis forcée à venir, et ça m'a demandé beaucoup d'efforts. Je n'ai envie de voir personne.

Dans la file d'attente, je repense à l'homme en noir. *Sera-t-il possible de le retrouver ?*

À peine arrivée sur la plate-forme extérieure de l'héliport, je salue Arnaud de loin et compose le numéro de Maeva. Contre toute attente, la jeune femme me répond qu'elle est trop occupée, que cette semaine elle n'aura pas le temps de travailler sur l'enquête. Je ne m'y attendais pas. Je suis déçue et je le lui dis.

Sur la terrasse de l'Helipad, le vent souffle sans discontinuer. Il est chaud, il sent le sel. Le bruit des bourrasques couvre ma voix. Je gesticule, je parle fort dans le combiné. La tension monte avec Maeva, on se dispute.

La musique du bar est bruyante, et elle ne s'interrompt pas une seconde. Si quelqu'un avait tendu l'oreille, il aurait pu m'entendre hurler :

— Mais il faut que je sache, Maeva ! Je n'en peux plus !

Mais personne n'écoute notre conversation. Maeva est loin. Maeva est à dix mille kilomètres, et elle raccroche quelques minutes plus tard.

Lorsque je rejoins Arnaud, je prends un cocktail sur la table de verre et me mêle aux conversations. Nul ne remarque mes yeux brillants. Nul ne repère la plaque d'urticaire qui vient d'apparaître sur mes épaules et ma nuque.

Liane

Extrait de journal intime retrouvé chez Liane par son père.

J'ai appris bien plus tard que ce cercle vicieux – avoir besoin d'aide, mais ne pas en parler – était le premier pas vers la dépression.

Louise

Le mardi, je choisis de rester au lit. Lorsque j'entends James se lever, je fais semblant de dormir. Il n'est pas dupe. Il ne m'embrasse pas en partant, je fais comme si ça ne me touchait pas.

Je ne sais pas comment on en est arrivés là. Voilà des années qu'on est ensemble. Il a six ans de plus que moi, et quand on s'est rencontrés j'étais tout juste majeure. Il avait tenu à vérifier mon âge sur mon passeport avant de passer la nuit avec moi. Qu'est-ce que j'aurai pu le taquiner à ce sujet ! On se comprenait tellement bien, avant. J'aimerais lui parler de ce que je vis, mais je n'ai plus les mots.

Alors je me pelotonne sous la couette et j'attends que le monde bouge, qu'il fasse le premier pas. Mais mes collègues ne cherchent pas à me contacter. En Asie, le suicide est tabou. Souvent, les familles concernées sont mises à l'écart. Ce n'est pas grave, tant mieux si on me laisse tranquille.

J'observe les objets de la chambre. Tous. Ou bien aucun. Quand des souvenirs reviennent, je les chasse.

Liane

Extrait d'un texte de Liane, retrouvé dans son ordinateur.

Ce fut comme tomber dans l'infini, en sachant que, là où je suis, les notions mêmes de haut et de bas n'ont plus de raisons d'être.

Louise

Mon réveil sonne.

Il retentit de nouveau à 7 heures, puis à 8 h 30. Je m'accroche à mon coussin et me rendors.

8 h 45. James insiste pour que je me lève. Il crie des choses que je n'entends pas, noyée dans mon chagrin silencieux. Je ne veux pas y aller. Il insiste, on se dispute, il me tire hors du lit. Je capitule et me dirige tant bien que mal vers la salle de bains.

Raphaël

Parfois, je me demande pourquoi je n'en ai pas parlé aux profs. Je n'ai jamais été directement témoin des faits, mais au collège tout le monde savait pour Liane. Les rumeurs allaient bon train sur ce qui avait lieu dans les couloirs. D'ailleurs, la bande de Valentin ne s'en cachait pas. Ils s'en vantaient même.

Et puis il y avait cette fille, Célia… Toujours un détail croustillant à raconter à l'interclasse… J'ai mis longtemps à prendre la mesure de ce qu'elle avait fait à Liane. Après tout, elle était sympa. Elle était jolie, aussi. Quand j'ai réalisé ce qu'il se passait, c'était trop tard, le mal était fait. Alors j'ai simplement coupé les ponts avec Célia. Pour autant, je n'en ai jamais parlé à Liane. Je ne savais pas quoi lui dire. Et surtout, j'avais honte aussi, je crois.

Louise

Les jours passent, et je ne retourne pas travailler. Mon manager m'appelle, me laisse des messages… Je ne les écoute pas.

J'ai mémorisé les mails de Liane. C'est tout juste si je ne me les récite pas mentalement. Recroquevillée sur le canapé du salon, je lève les yeux. Au mur, j'ai affiché les textes de ma sœur. Je les ai scotchés dans l'ordre chronologique. Avec, en dessous, des photos qui m'ont interpellée. Sur la première, Liane passe son permis dans une Toyota grise et, sur la seconde, elle mange une soupe au restaurant Fufu de Toulouse. J'observe les clichés avec attention. Et si le détail que je cherchais était là, juste sous mon nez ?

Mon iPad vibre : un message de mon père. Il s'inquiète de ne pas avoir de nouvelles. Il dit qu'il voudrait venir nous voir à Singapour, mais qu'il a peur de déranger. Et il raconte que les lavandes qu'il a plantées pour Liane ont beaucoup poussé.

Plus loin, mon père souligne que mon obsession pour l'enquête lui cause du souci. Que cela nous a certes tous permis d'avancer, mais qu'il serait sûrement temps d'y mettre un terme. Je lis la suite et lève les yeux au ciel. Il n'a pas pu s'empêcher de m'envoyer tout un flot de questions : est-ce que je ne me laisse pas entraîner par Maeva ? Et avec James, tout va bien ? J'éteins la tablette, la range dans un tiroir. Je ne veux parler à personne.

L'homme

Il a une vie tranquille. Une seule fois, il s'est introduit par effraction chez quelqu'un. Enfin, par effraction, on se comprend. Il n'a rien cassé et il a refermé derrière lui. Mais bon, il le sait, il n'était pas invité à entrer.

Ensuite ? Ensuite, rien. Il a simplement attendu. Il avait agi sur un coup de tête, ce n'était pas prémédité. Disons qu'il connaissait l'adresse et qu'il était en colère. C'est pourquoi ce jour-là, pour la première fois de sa vie, il a attendu une personne chez elle. Il l'a attachée avec des cordes, sur un matelas. C'était mal, et c'était bien aussi. C'était juste. Enfin, à lui, ça lui avait paru juste.

Louise

Le rendez-vous de ma famille avec le psychiatre du centre a eu lieu ce matin, en France. C'est un jour spécial. La curiosité me tire de mon lit. Sur WhatsApp, mon père m'indique avoir envoyé les résultats de l'entretien sur ma boîte mail. Je me précipite sur mon ordinateur.

Un monsieur, le Dr Larrey, affirme que Liane était borderline. Je fronce les sourcils. Le rapport parle de troubles pathologiques, de situations stressantes, d'émotivité exacerbée.

James part travailler, il me fait signe, je lève à peine les yeux. Je me plonge dans le rapport en détail, en grommelant toute seule dans le studio. Il y a des termes techniques. Mécanisme neuronal, état dissociatif, activité frontale… Sur mon clavier, je tape « borderline ». Google me propose immédiatement : « Trouble borderline ».

Le site précise qu'avant on qualifiait tous les patients de « dépressifs » ou bien de « bipolaires ». Et que maintenant l'appellation « borderline » est à la mode chez les spécialistes des troubles mentaux.

Je me frotte la tête. Je ne crois pas que Liane ait eu cette maladie… Ce que je lis sur le sujet, c'est un style « horoscope » : tellement vague, et le plus souvent les symptômes concernent tout le monde – anxiété, démotivation, stress…

Un magazine féminin a même lancé un quiz dessus : « Êtes-vous borderline ? ». Je m'y essaie.

Question 1 : Ressentez-vous un sentiment de vide le soir ?

Quand on a passé sa journée en pyjama, ça peut être le cas.

Question 2 : Ressentez-vous parfois un sentiment d'impatience, d'impulsivité ?

Oui, bon, si c'était un trouble grave, tout le monde serait malade. Voyons la suite.

Question 3 : Êtes-vous anxieux·se à l'idée d'être abandonné·e ?

Qui ne le serait pas ?

Question 4 : Vous semble-t-il avoir eu des symptômes psychotiques (idées délirantes, hallucinations visuelles ou olfactives) ?

Hallucinations… Je rougis en pensant à l'homme en noir, aperçu en bas de mon bureau.

Qu'en conclure ?

J'appelle Maeva, qui décroche rapidement. Elle semble amusée par mes questions et elle commence par me sermonner de l'avoir laissée sans nouvelles, ce qui achève de m'exaspérer. Posément, elle explique :

— Tu sais, au centre, plein de personnes ont été diagnostiquées borderline, c'est fréquent comme terme. Mais il arrive souvent que ce diagnostic ne soit pas juste…

Je fronce les sourcils.

— Ta sœur, elle s'en foutait que le Dr Larrey l'ait diagnostiquée borderline. Ils disent tous ça quand ils ne trouvent pas ce que tu as ! D'ailleurs, elle avait déjà entendu les médecins lui dire qu'elle était dépressive, puis bipolaire. Alors Larrey qui lui annonçait qu'elle était borderline, elle ne l'a pas trop pris au sérieux.

Je remercie Maeva avant de raccrocher. Le mot résonne encore dans ma tête…

Borderline.

Liane

Extrait d'un poème de Liane, retrouvé dans son ordinateur.

J'ai puni mon triste corps,
Mais il n'avait rien fait de mal.
Rien fait de mal…

Louise

Je suis dans une pièce sombre, et mes yeux mettent quelques instants à s'habituer à l'obscurité. Liane est là, devant moi, elle me fixe. Elle ne porte aucun vêtement. C'est un rêve, je crois.

D'un mouvement brusque, Liane s'assied sur le matelas taché d'auréoles. Je me mords la lèvre. *C'est le matelas où… ?* Je reconnais le duplex aux murs roses et, en arrière-plan, la vitre cassée par les sapeurs-pompiers. Je frissonne.

Élégamment posée sur le matelas souillé, Liane me parle d'une découverte capitale. Elle me suggère de garder l'œil ouvert. Puis, nullement gênée par sa nudité, elle se hisse sur la pointe des pieds. Elle attrape un carton à dessins tout en haut de l'armoire et avec précaution elle en sort un immense croquis. Une femme y est peinte au pinceau Pentel. Je me penche. Elle m'indique certainement quelque chose d'important, mais quoi ?

Liane

Extrait d'un poème de Liane, retrouvé dans son ordinateur.

J'aurais voulu pouvoir y réfléchir. Trop tard. Mon esprit finit de s'éparpiller. Dans le noir, un corps sans âme tombe.

Tout est fini.

Le vide puis… Choc. Puissant, inattendu, et pourtant, ma mémoire explose. J'étouffe.

Mon âme rejoint mon corps en une fraction de seconde, m'ouvrant la possibilité de revivre. Oui, je ne m'étais pas trompée.

Tout recommence.

Louise

Le matin suivant ne ressemble à aucun autre. L'aurore inonde mon appartement de reflets rosés, et vient ce pressentiment très fort et très intense. Aussitôt, une plaque d'urticaire apparaît sur mon avant-bras.

Quelque chose va arriver, j'en ai la certitude. Quelque chose d'imminent. Portée par mes automatismes, j'attrape mon sac de gym et je descends. Je me dirige vers le métro dans un état second. L'air est encore frais lorsque je traverse le carré d'herbe du Raffles Place Park. Je m'engouffre dans l'OCBC Centre et grimpe à la salle de yoga. Attentive aux signes, je m'étends sur un tapis de mousse.

— Créez de la place dans votre esprit, propose le prof.

J'ai envie de croire que c'est encore possible. L'esprit en alerte, j'expire lentement. Une demi-heure passe, mes poings se détendent un peu. J'essaie de rester sur le qui-vive, mais le gong qui résonne avec régularité a raison de moi. Je ferme les yeux. Je vogue… Je vogue sur un bateau à Paris. L'un de ceux qu'on peut conduire sans permis sur la Seine. La brise est douce. Liane s'assied en face de moi.

Sa chevelure vole autour de son visage, mais elle n'est plus brune. Ses cheveux sont clairs, presque blonds.

Sur le côté de sa tête, elle a noué deux petites tresses, semblables à celles que portent certains enfants l'été. Je sais que c'est un rêve. Curieusement, elle semble en avoir conscience aussi. Derrière elle, les quais de la Seine défilent, et, à l'arrière de notre embarcation, un petit drapeau français vole au vent. Elle me dit :

— Chaque fois que je te vois, tu pleures.

Je n'avais pas remarqué les larmes sur mes joues.

Les lumières de la salle se rallument une à une, et le cours prend fin. Les participants s'étirent, se relèvent. On entend quelques murmures, des discussions ici et là, et chacun range ses affaires.

Je m'apprête à rejoindre les douches lorsque mon portable vibre. Un SMS.

Deux phrases. « Louise, ne va aller. Liane va y arriver car. » Et un numéro, que je reconnais instantanément. Le texte a été envoyé depuis le portable de Liane.

Mon cœur s'arrête. J'ouvre la bouche, mais aucun son ne sort.

Qui a ce portable ? Il a été retrouvé ?

Je me repasse tous les détails de mon après-midi dans le duplex de Liane. Maeva cherchait les téléphones. *C'est elle qui les a ?*

Immédiatement, je l'appelle pour vérifier auprès d'elle, mais elle m'assure qu'elle ne les a pas trouvés. Maeva ne comprend pas pourquoi j'insiste, pourquoi je crie. Je la traite de menteuse, j'entends des trémolos dans sa voix lorsqu'elle se défend. Je vais trop loin, elle est fragile, je devrais m'excuser. Mais le besoin de savoir est si fort, et la preuve est juste là, dans ma main, sur mon téléphone. *Qui a écrit ce texto ?*

Autour de moi, dans le vestiaire, les femmes s'habillent, d'autres se sèchent les cheveux. Il y a trop de bruit : j'entends à peine Maeva qui se justifie. Ces femmes ont l'air si heureuses, et je suis là, au milieu, bouleversée, perdue. Maeva répète :

— Je ne comprends pas ce ton. Qu'est-ce qu'il se passe, Louise ?

Je confonds les mots, je bégaie. Mes idées si claires, mes théories rationnelles s'effondrent. Faire confiance à Maeva ? La confronter ? Je me décide.

— Maeva, je me suis peut-être trompée. Excuse-moi.

Je raccroche.

Liane

Extrait d'un texte de Liane, retrouvé dans son ordinateur.

J'aimerais qu'elle le comprenne. Malheureusement, il n'y a aucun moyen qu'elle le sache si je ne lui dis pas. Je ne lui dirai pas.

Louise

Je fais les cent pas. Toutes les hypothèses y passent. Finalement, je réponds directement au message en demandant : « Qui êtes-vous ? » Je fixe l'écran. Longtemps.

Rien.

Je m'assieds sur le long banc du vestiaire et j'observe autour de moi. Les femmes se sont douchées, certaines lissent leurs cheveux, d'autres se parfument. Chacune part au travail, élégante, maquillée. Et au milieu de ce ballet il y a moi, dans mon legging plein de sueur. Déboussolée. Aux abois. *Que faire ?*

J'appelle le numéro de Liane. Le répondeur prend la relève directement : le téléphone a été éteint. Je cache ma tête dans mes mains. *Dois-je en parler à James, à mon père… ?* Ils ne me croiront jamais. J'ai envie de hurler.

L'homme

Pendant quelques minutes, il a observé le corps immobile de Liane. Les yeux fermés, le teint pâle et, autour du cou, un pendentif. Il était joli, ce bijou. Il était doré. Plaqué or, peut-être.

La pierre noire était probablement une hématite. L'homme a trouvé ça presque drôle. Les hématites ? Elles représentent la paix et l'harmonie. Lui venait surtout de prendre un sacré risque avec cette fille… Le plus grand qu'il ait jamais pris.

V

ENCAISSER

Louise

Trois mois se sont écoulés. J'ai failli sombrer. À défaut de retrouver le portable de Liane, j'ai fait n'importe quoi. Mon boss m'a mise à pied, je me suis brouillée avec James. J'ai perdu dix kilos. J'ai touché le fond, je crois. Mais je ne coulerai pas sans me battre. D'ailleurs, j'ai un plan.

Je dois savoir si ma sœur a été agressée, et si, à sa manière, elle m'en a parlé avant sa mort. Liane savait ce qu'elle s'apprêtait à faire. Elle a forcément eu un comportement différent avec moi. Alors je prends rendez-vous chez une hypnothérapeute. C'est peut-être le seul moyen d'obtenir des réponses, puisque je n'y arrive pas seule. Je suis prête à tout pour cela. Sinon…

Au téléphone, j'insiste : j'ai besoin d'une séance au plus vite. Le rendez-vous est fixé au lendemain, 17 heures. Ensuite, je m'assieds sur mon lit. Pour couvrir le bruit de la pluie, je mets de la musique classique : *Sarabande*, de Bach. Je pousse le volume à fond. Le tonnerre gronde.

L'eau de la baie se pare d'une couleur sombre. Au loin, des vagues se forment et se brisent sur la jetée.

Liane

Extrait d'une nouvelle de Liane, retrouvée dans son ordinateur.

Un éclat de lumière l'aveugla. Il ne vainquit la nuit qu'une demi-seconde, mais cela avait suffi. Là-bas brillait un espoir. Peu importait qu'il n'ait existé qu'un instant : il avait été là pour elle pendant une seconde. Et il en valait la peine.

Louise

Mme Bernier, hypnothérapeute, exerce depuis Scotts Highpark. C'est l'un des quartiers les plus chics de la ville. Je déglutis en apprenant le prix : 173 euros la séance. Mais je n'ai pas le choix, ce sont les tarifs à Singapour. Il faudra faire avec.

Alors je calcule. À ce prix-là, je ne pourrai pas faire beaucoup de séances. Trois au maximum, m'indique mon compte en banque. Profitant de mon regain d'énergie, je réserve les deux prochains rendez-vous. Quitte à y aller, autant se lancer vraiment.

Liane

Extrait d'une nouvelle de Liane, retrouvée dans son ordinateur.

Il se rapprochait d'elle, encore et encore. Plus distinct à chaque seconde. La question qui se formait dans son esprit se transforma soudain en une certitude.

Louise

Je suis en retard de cinq minutes : cela suffit à me stresser.

C'est la première fois que je me rends dans ce quartier, et je m'y sens un peu perdue. Tout se ressemble : mêmes façades de marbre, mêmes portiers habillés de jaune, mêmes fontaines devant chaque immeuble. L'étalage de luxe me met mal à l'aise. J'accélère le pas.

J'atteins la tour à bout de souffle. Le bruit des fontaines semble me suivre jusque dans le hall d'entrée. Je me signale à la réception et m'engouffre dans l'ascenseur de verre. En un clin d'œil, les portes se referment et je monte au quinzième étage. Je sens une chaleur envahir mon cou. De l'urticaire. Le stress. Avec l'hypnose je joue ma dernière carte, je croise les doigts pour que ça marche.

Les portes se rouvrent. L'ascenseur donne directement sur le cabinet, et une dame rousse au teint de porcelaine se tient là, devant moi. Mme Bernier m'a vue. Trop tard pour repartir.

Je me retrouve enfoncée dans un fauteuil jaune et mou à la désagréable consistance de chewing-gum. La thérapeute doit avoir la cinquantaine, ses cheveux mi-longs ondulent élégamment sur ses épaules. Elle porte un pantacourt couleur crème, des lunettes en demi-lune et, lorsqu'elle s'assied, elle garde les pieds bien à plat sur le sol.

Je me tortille sur mon siège tandis qu'elle me pose des questions ; je lui décris succinctement ce qui est arrivé à ma sœur et la quête de réponses qui en a découlé. Puis elle me présente les règles de sécurité de l'hypnose. Une courte introduction plus tard, on débute déjà.

— Imaginez des marches. Une petite dizaine. C'est bon ?

— Oui…

— Bien. À présent, vous pouvez commencer à les descendre.

Elle compte, je visualise. Petit à petit, mon corps se relâche, et je me laisse glisser dans une sorte de transe. Il y a un petit bruissement, comme quelqu'un qui se lève, et je me demande si ma thérapeute est encore là.

Ensuite, quelqu'un me touche le front et tout bascule. J'ai l'impression de tomber, c'est comme si je passais sous une cascade. Malgré la confusion, je crois distinguer l'une des mèches de cheveux de Liane et je perçois le bruit d'une longue aspiration.

Quelqu'un parle, des voix résonnent. J'entends des questions et je me sens répondre. Le tic-tac d'une horloge me parvient. Lorsque Mme Bernier me réveille, je reconnais la pièce, le fauteuil jaune, ses lunettes en demi-lune. Mes pieds restent ancrés au sol, ils sont lourds. Je me sens engourdie, comme si je sortais d'un long sommeil. Je ne me souviens de rien.

Liane

Extrait d'une nouvelle de Liane, retrouvée dans son ordinateur.

Ses oreilles captèrent alors le bruit régulier d'un battement de tambour. Il la cherchait, il venait vers elle. Ami ou ennemi ? Trop tard, elle n'avait plus le temps d'y réfléchir.

Louise

Trois jours se sont écoulés, et je me rends à une deuxième séance chez l'hypnothérapeute. J'atteins la tour en un clin d'œil. Pas d'urticaire aujourd'hui et mon rouge à lèvres carmin est assorti à mon chemisier. Je viens chercher des réponses. À tout prix.

Mme Bernier m'accueille aux portes de l'ascenseur, comme la fois précédente. Ses cheveux flamboyants sont relevés en un élégant chignon. Aujourd'hui, elle ne m'impressionne pas. Je la devance et j'entre dans la salle.

Laissant tomber mon sac, je demande :

— Madame Bernier, je souhaiterais revivre sous hypnose mes dernières vacances avec ma sœur Liane à Paris. On y avait passé quelques jours ensemble… Un matin, j'avais égaré ma carte d'identité, et on l'a cherchée partout. On n'a pas retrouvé la carte, pourtant l'ambiance était joyeuse, Liane me faisait des blagues… Et c'est là qu'elle a dit quelque chose.

— Quelque chose ?

— Eh bien, justement… Je ne me souviens pas de ses mots, mais j'ai senti que c'était important. C'est pour cela que je voudrais revenir à ce moment, pour me rappeler cette phrase.

— On va essayer, m'encourage-t-elle. Mais d'abord, on va commencer par un exercice de relaxation. Il faut vous préparer à accepter toute situation qui peut se présenter.

— Ah. Et c'est nécessaire ?

— C'est indispensable.

Elle rajuste ses lunettes en demi-lune.

— Écoutez, Louise… C'est pour vous. Au cas où vous ne la trouveriez pas… ou bien si l'on faisait face à autre chose de vraiment difficile.

Elle m'initie ensuite à une technique EFT dite de « tapotage de main ». Elle consiste à stimuler soi-même ses points d'acupuncture. Mme Bernier me propose de prononcer certaines phrases simultanément. Avec assiduité, je répète après elle :

— Même si je ne trouve rien, je dois m'aimer quand même.

Je n'ai pas l'habitude de mettre des mots sur mes émotions. Mais l'objectif de l'EFT est justement de verbaliser celles-ci. Alors je me concentre. La thérapeute sourit, elle semble remarquer que cette fois je suis plus détendue. Comme elle le demande, j'énonce à haute voix :

— *1. J'accepte que, si je retrouve le coupable, on ne puisse peut-être pas le condamner.*

— *2. J'accepte que, si l'on retrouve et punit le coupable, cela ne me ramène pas ma sœur.*

— *3. J'accepte que Liane ait beaucoup souffert les derniers mois de sa vie, mais qu'elle ne souffre plus à présent.*

Au fond de moi, je n'accepte rien du tout.

Avant de commencer la séance d'hypnose, Mme Bernier me questionne :

— Comment vivez-vous votre deuil ?

— Bien, ça va.

— Vous en êtes sûre ? Il est important de savoir que le deuil prendra de toute façon deux à trois ans, on ne peut pas aller plus vite…

Elle doit noter mon impatience, car elle ajoute :

— Bon, pour le moment, on va se concentrer sur les réponses dont vous avez besoin. Mais je peux aussi vous aider à vous apaiser…

Elle attend que je parle, je reste pourtant muette.

— Louise… comment vous sentez-vous aujourd'hui ?

Je me vois obligée de lui répondre. Si elle me devine déprimée, la dame pourrait me refuser l'hypnose.

— Eh bien, il y a du négatif. Liane me manque beaucoup, et j'ai des tensions très douloureuses au front et aux avant-bras, là.

— Mmm…

— Mais curieusement, il y a du positif aussi. Je me rends compte de tout ce que Liane m'a apporté. Je découvre la chance que j'ai eue de la connaître. D'avoir grandi avec elle.

Elle note des choses dans son carnet, puis elle relance.

— Intéressant…

— D'ailleurs, Liane a écrit une lettre d'adieu pour nous protéger et nous expliquer son geste, alors qu'elle se trouvait elle-même dans une situation difficile. Je pense qu'elle nous aimait beaucoup. Et moi je l'aimais tellement.

— Mmm…

— En tout cas, je suis convaincue qu'il existe un élément capital au sujet de ce décès, qui permettra de faire la lumière sur ce qui lui est réellement arrivé. C'est pour cela que je suis ici. Je compte énormément sur ces sessions d'hypnose.

Mme Bernier referme son carnet, je suis soulagée d'avoir passé le test. Nous commençons.

Cette fois, je sais faire. D'abord, détendre ses muscles. Ceux des mâchoires, puis ceux des épaules. Puis son ventre et ses pieds. Enfin, respirer à fond, se relaxer. Écouter ses inspirations et ses expirations.

Mme Bernier précise de nouveau le contexte, les limites à ne pas dépasser, les risques. Elle me rappelle quoi faire en cas de problème grave. Aujourd'hui, il ne faut pas visualiser dix, mais vingt marches. Puis elle entame le décompte.

L'escalier imaginaire est en béton ciré, je descends lentement les trois premières marches vers mon intérieur. L'hypnothérapeute compte pour moi, d'un rythme rapide. Dix-huit, dix-sept, seize, quinze... Je suis en retard, je dois me concentrer pour dévaler d'un pas vif le reste des marches en colimaçon.

Pied droit, pied gauche. En bas de « l'escalier mental » se trouve un couloir. Sur la droite, une porte s'ouvre. Comme par magie, mon « endroit de secours » est de l'autre côté. En hypnose, on visualise toujours un lieu comme celui-là. Si les choses tournent mal, si c'est la panique, la règle est de revisualiser ce lieu. Il sert aussi de « soupape » entre le monde réel et le monde hypnotique.

J'ai choisi ma chambre d'adolescente comme lieu de secours. J'y retrouve mon lit en bois et son couvre-lit en vichy jaune. Le parquet flottant, le bureau décoré de photos et la peluche Pikachu que Liane m'avait offerte. Posé sur le radiateur, un noyau de litchi dans du coton a commencé à germer.

Je m'assieds sur le sol. Entre les jointures du parquet, une minuscule fourmi se promène. Je me penche. J'allais l'attraper entre deux doigts lorsque l'hypnothérapeute m'invite à quitter la zone de repli. Nous prendrons un tunnel directement connecté entre cette pièce et le jour du 12 février 2018 à Paris. Mes dernières vacances avec Liane.

En effet, j'arrive le bon jour. Liane est en train de déjeuner. Elle s'accoude, se penche vers moi et me dit de ne pas m'inquiéter pour ma carte d'identité. Ensuite, elle m'annonce qu'elle partira l'an prochain étudier la science forensique en Suisse. Elle parle fort, elle gesticule avec entrain. Du flot de paroles, je retiens la taille de son futur appartement à Lausanne : 42,19 mètres carrés, puis la distance entre Lausanne et Payerne : 42,56 kilomètres. Elle se sert une généreuse part de tarte au citron, puis elle évoque l'art floral et la porcelaine Arita. Lorsqu'elle se tait, elle devient translucide et disparaît progressivement. Dès lors, tous les souvenirs heureux de nos vacances à Paris défilent : les cafés, la patinoire, notre appartement Airbnb du Marais. Je dois me concentrer : j'étais venue chercher quelque chose de précis. Je ne sais plus trop quoi.

Liane

Texte de Liane, retrouvé dans son ordinateur.

Et quelques secondes avant que tu ne retournes dans les méandres de mes souvenirs, tu m'as confié ce secret.

Louise

La séance semble toucher à sa fin, et Mme Bernier suggère à mon inconscient de matérialiser les réponses que je cherche. Je serre les poings, je me concentre… Et tout se mélange sous mes yeux.

Deux immenses poissons nagent, des poissons à taches rouges et noires, comme des carpes japonaises. Je ne comprends pas le message. Au loin, je crois apercevoir une minuscule grenouille sur une feuille d'arbre. Sur ma droite, un pot en terre contenant du blé apparaît, puis se renverse. Quelqu'un claque des doigts, et tout devient noir.

Je suis absolument seule. Je n'ai pas de pensées, il n'y a plus aucune forme claire. Mon estomac se serre, toujours plus, encore plus. Une petite chose s'allume, là, au fond de mon ventre, et mon œsophage commence à me brûler. Je ne peux plus respirer, j'étouffe, j'ai envie de vomir. J'aspire l'air avec difficulté et je parviens à me calmer.

Alors je contemple. Tout autour, les couleurs s'éclaircissent. La voix de l'hypnothérapeute me parvient :

— Vous allez vous rendre dans votre pièce de secours. Lorsque vous y serez, vous hocherez la tête.

Je bouge la tête. Quelque chose a changé dans sa voix, quelque chose d'imperceptible. Je la devine presque… soulagée. Elle m'invite à me reposer un instant et énonce des choses positives :

— Vous allez ressentir un très grand calme dans les jours à venir. Une sensation de sécurité et de grande confiance. Nous allons rentrer, à présent.

Ensemble, nous remontons les vingt marches. Un, deux, trois… à dix-huit, j'ouvre les yeux. Son regard oscille entre curiosité et crainte. Elle demande si je suis réveillée. Je m'étire.

— Oui, bien sûr, dis-je en étouffant un bâillement. Quelle aventure !

Je voudrais lui raconter, mais elle parle la première.

— Il s'est passé trois heures… Vous êtes allée très loin.

— C'est vrai ? Trois heures ?

Mais oui, dehors il fait nuit. Je consulte ma montre : je suis arrivée à 18 heures, et il est maintenant 21 heures. Bizarre.

— Sous hypnose, le temps s'écoule différemment, indique-t-elle en penchant la tête sur le côté.

Curieusement, ça me fait penser à la théorie selon laquelle après la mort la notion de temps n'existe plus.

Je lui raconte ce que j'ai vu.

— J'étais plongée dans mes souvenirs avec ma sœur, mais ensuite…

— Oui ?

— Eh bien, j'ai mis toute ma volonté pour y voir l'important. Et tout à coup…

Je fais un geste en l'air.

— Il a fait sombre. Je me suis sentie hyper relaxée… J'arrivais à détendre mes muscles des épaules, ceux qui sont si souvent contractés quand j'ai bossé longtemps sur mon ordinateur, et qui…

— Mais vous avez vu quelque chose ?

— Des poissons…

Je me gratte pensivement.

— Deux gros poissons à taches rouges et noires. Un peu comme des carpes.

Un silence.

— Si seulement j'avais trouvé quelque chose d'utile…

— À vrai dire c'est ainsi, le langage de l'inconscient ! Vous avez visualisé des symboles, c'est normal. C'est le message. Il vous faut maintenant parvenir à l'interpréter, avec votre contexte personnel.

— J'essaierai…

— Autre chose dont vous aimeriez me parler ?

Je me redresse, et je lui parle de Liane, espérant sans lui dire me débarrasser des flashs qui polluent mon quotidien. Je lui décris le lit de métal, le teint sans défaut, les cheveux épais enroulés en tresse. Je lui raconte mon malaise d'avoir respiré une odeur étrange d'amande amère à la morgue, odeur qui m'a longtemps troublée.

Liane

Extrait d'une nouvelle de Liane, retrouvée dans son ordinateur.

Des cendres. De mon passé ne restaient que des cendres. Bientôt le vent arrivera ici, dispersera ces débris, ces pensées. Étonnant, n'est-ce pas, que les traces de vie d'un être humain soient entièrement dépendantes d'une chose aussi éphémère que le vent. Et pourtant… dans quelques heures, la nature reprendra ses droits. Alors je disparaîtrai à jamais.

Louise

Au téléphone, je déballe tout à Maeva : les poissons, la grenouille, le pot de blé. Elle s'écrie, enthousiaste :

— Les grenouilles ! Mais oui, je sais ! On parlait souvent de grenouilles avec Liane !

— Non, Maeva, je ne crois pas que ça fonctionne comme ça… Il faudrait que je l'aie vécu pour que je m'en souvienne. Ça ne peut pas faire référence à quelque chose entre toi et Liane.

— C'est pas faux. Bon, OK. Et il y avait quoi d'autre, déjà ?

— Un pot de terre renversé. Contenant du blé.

— Du blé de quelle couleur ?

— Ben, j'en ai aucune idée, Maeva. D'une couleur normale ? C'est très flou !

— Je me doute. Sauf que… il y avait des grains de lavande par terre autour du lit où l'on a trouvé Liane. Je me souviens d'une sorte de coussin parfumé qui avait été éventré. Il pourrait être violet, ton blé ?

— Pas idiot… Oui, ça se pourrait. Ces grains représentent la scène du crime, alors ?

— Franchement, pour moi, c'est clairement une référence à sa mort. Ou bien, c'est familial… Après tout, il y a beaucoup de lavandins dans le jardin de ton père. J'espère que ce n'est pas un agresseur de chez vous, je me sentirais vraiment trahie. D'ailleurs, je vais voir ton papa ce soir, on va à Toulouse. Je vais partir bientôt.

— Tu as combien de temps devant toi ?

— Quelques minutes. Et tu sais, j'ai repensé à quelque chose…

Dans sa voix, une pointe d'excitation.

— Oui ?

— C'est à propos d'un jour où Liane se sentait suivie. Quand on s'est retrouvées, elle m'a parlé d'une voiture noire… avec un homme dedans… Elle avait l'air vraiment stressée, elle n'arrêtait pas de se ronger les ongles alors qu'elle ne faisait jamais ça d'habitude.

— Il était comment ce type, tu avais eu des détails ?

— Non… Mais il est arrivé quelque chose ce matin. Je partais de chez moi en allant vers le métro. Il y avait un homme dans une voiture noire. Mais une belle voiture, tu vois, de marque Bentley.

— Et ?

— Eh bien, j'ai eu la nette impression que cet homme me regardait.

— Cet homme, tu l'avais déjà vu, avant ?

— Non, jamais.

— Maeva, c'est important. Est-ce qu'il ressemblait à l'homme de l'enterrement, celui que je t'ai décrit ? Tu sais, grand, avec un blouson de cuir noir, qui se comportait étrangement. Il était bizarre, l'homme de ta voiture ?

— Non, normal.

— Tu crois qu'il était là pour toi ?

— Non, je ne dirais pas ça.

Soupir. Je ne sais jamais quand Maeva est sous l'effet de ses médicaments ou quand elle est sérieuse. Pour en avoir le cœur net, je récapitule :

— Donc, en fait, tu as croisé quelqu'un de normal, assis dans une voiture noire ?

— Oui.

Elle se fout de moi ! Je n'ai pas le courage de m'énerver.

— Bon, ben… c'est sûrement rien.

Maeva semble déçue que je ne la prenne pas au sérieux. Elle ne se formalise pas pour autant. Aujourd'hui, elle a l'air de bonne humeur. D'ailleurs, elle ajoute :

— Pas de panique, Louise, on a des indices. On a maintenant deux poissons et une grenouille.

En désespoir de cause, j'en ris. Maeva rigole, elle aussi.

— Allez, on finira bien par tomber sur une piste.

Je me dis qu'il vaudrait mieux, parce que je ne tiendrai plus très longtemps.

Liane

Extrait d'une nouvelle de Liane, retrouvée dans son ordinateur.

Sache qu'il n'y a qu'un pas à faire et c'est le déclin. Lorsque c'est terminé, c'est terminé. Il y a des coupables qui restent impunis, à cela on ne peut remédier. Il vous faut l'accepter, ou sombrer.

Louise

Je m'agite dans mon lit.

Je suis de retour dans le cabinet de l'hypnothérapeute, cette fois contre mon gré. Dans un brouillard à couper au couteau, mon corps se fait agripper par des souvenirs collants et invasifs. Je cherche la chevelure flamboyante de Mme Bernier, mais elle n'est nulle part. Je suis au bord de l'asphyxie.

Près de moi, le bruit d'une longue expiration. Liane, le regard cerné de noir et vêtue d'un habit japonais, me fixe intensément. Elle me terrifie.

C'est James qui me tire de ce cauchemar. Il me prend dans ses bras avec douceur et il me serre contre son torse nu. Je m'abandonne à sa chaleur, calmant doucement les battements de mon cœur. Il me rassure un peu.

Sur l'horloge murale, je remarque l'heure : à peine minuit et demi... Je redoute de fermer les yeux de nouveau. Lorsque James se rendort, je quitte le lit en silence. Accoudée au balcon, je fixe le vide pendant des heures.

Liane

Extrait d'une nouvelle de Liane, retrouvée dans son ordinateur.

J'ai été réveillée par le silence. Avant même d'ouvrir mes volets, je savais ce que j'allais voir. Du blanc, du blanc partout. La neige avait recouvert chaque parcelle du monde que je connaissais, leur offrant ce doux goût d'aventure enfantine.

Vous souvenez-vous de ce jour où vous parcouriez votre jardin enneigé, à la recherche d'un trésor caché ? De ces moments passés à rêver que vous étiez chevalier au grand cœur ? La neige transforme le paysage. Elle change aussi les gens. La neige fait resurgir des souvenirs, des choses enfouies, des morceaux du passé. Et pour ceux qui ont un passé comme le mien, les choses se compliquent…

Louise

Samedi matin. Je me rends à ma dernière séance d'hypnose. Quand l'hypnothérapeute me demandera sur quoi je souhaite travailler, je lui répondrai calmement : « Sur mon enfance, sur l'enfance que j'ai passée avec Liane. »

Je ne mentionnerai pas mon estomac qui se tord ni cette envie de tout lâcher qui ne me quitte plus. Je ne lui parlerai pas de mon vertige ni de l'urticaire qui a envahi mes bras et mes épaules. J'ai mis une veste.

La séance commence. D'abord, descendre les marches, passer par le « lieu de secours », puis plonger en état hypnotique profond.

Il y a un four devant moi. Un four blanc et neuf. Il y a comme un léger brouillard tout autour. Des volutes de fumée s'élèvent, elles sortent directement de ce four. Je ne ressens rien de particulier.

La nuée s'épaissit, se noircit. Elle s'envole, et je l'accompagne du regard jusqu'au ciel. Au-dessus de moi flotte une mer de fumée. D'immenses nuages noirs qui bloquent le ciel.

— Où êtes-vous ? me demande Mme Bernier.

Ma voix me paraît grave et déformée.

— Sous des nuages sombres. En dessous de moi, il y a de l'herbe, mais elle est presque verticale. Mmm... Je crois que je suis allongée... Non, je suis sur le côté !

À présent, je ressens clairement que je suis étendue sur le flanc. Mes oreilles bourdonnent. Mes jambes sont lourdes, elles refusent d'obéir.

— Attendez... Mon buste est bloqué par quelque chose. Il y a...

Ma concentration est à son maximum. Tout mon corps est tendu. Je ne distingue que le ciel, que les nuages sombres. Je connais ces nuages.

— Louise, décrivez-moi ce que vous voyez.

— Je ne peux pas bouger mes bras non plus, je peux juste regarder.

— Il y a quelqu'un avec vous ?

— Oui, je sens une présence.

— La présence de qui ?

— Je ne sais pas. Il y a comme un grand tissu en dessous de moi, et je vois un sac ou un panier.

— Un pique-nique ?

— Je ne sais pas... Je ne crois pas. J'ai peur...

Je suis comme paralysée. Qu'y a-t-il dans mon dos ? Un enfant, un adulte ? C'est un jeu ? Le poids supporté par mon corps est trop lourd pour être celui d'un enfant.

L'herbe. Sous moi. Ce n'est pas un gazon clairsemé, ce sont plutôt de larges touffes d'herbe. Pas un jardin.

On dirait… un terrain vague. Ou un terrain de chantier. Ce n'est certainement pas du gazon de rond-point.

Progressivement, le souvenir remonte. D'abord, il m'effleure, puis il s'impose clairement à moi. Un adolescent en colonie de vacances. Une histoire glauque, j'avais dix ans et, en effet, j'ai tout fait pour l'oublier. Je sens les muscles de mes jambes tressauter, l'urticaire s'étendre sur mon front.

Ce n'est pas mauvais signe. C'est le signe que je vais mieux. C'est le signe que je suis capable d'accepter ce souvenir et d'avancer. Je n'ai plus à le porter.

La séance d'hypnose se poursuit, et les images et les émotions de mon enfance achèvent de refluer. De la souffrance sur le moment, et de la honte aussi, après. Mais aucun souvenir de Liane ne me revient.

Lorsque je quitte le cabinet de Mme Bernier, je ne lui ai parlé ni de ce que j'ai vu ni de ce que je vais faire. Je lui annonce simplement que c'était ma dernière séance, et que je ne reviendrai plus.

Liane

Extrait d'un texte de Liane, retrouvé dans son ordinateur.

Avancer, ça veut dire lier des liens vers l'avenir, oui, mais aussi couper les liens qui nous retiennent au passé. Il faut les deux pour avancer.

Louise

Je pousse la porte du studio. James n'est pas rentré. On se voit de moins en moins, ces temps-ci… Sur le comptoir, il a laissé pour moi une barquette de sushis et quelques bières Asahi. Je ne sais pas trop si j'ai faim, la séance d'hypnose m'a secouée. Je me dis que je dois continuer l'enquête tant bien que mal.

Accoudée au comptoir de la cuisine, j'ouvre un carnet. J'enfourne un sushi dans ma bouche, je prends un stylo et j'inscris sur une feuille en marmonnant :

1. Le 27 avril, Liane allait « bien ». C'est certain : elle était au patinage l'après-midi et elle sortait au bowling le soir.

2. Le 1er mai au soir, les pompiers retrouvent son corps sans vie.

3. Et entre ces deux dates ? Que s'est-il passé ?

Arrosant mes sushis de sauce soja, je fais de mon mieux pour me concentrer. J'élabore les hypothèses les plus folles. Maeva était-elle la première à donner l'alerte ? Quelqu'un serait-il entré dans l'appartement après le décès de Liane ? Où sont passés les deux portables ? J'attrape une bière, la décapsule et la porte à mes lèvres.

J'essaie de me représenter la scène. Le duplex aux murs roses, l'escalier de bois, la mezzanine… Il se passe quelque chose en moi, mes doigts fourmillent, je sens comme une présence autour de moi.

Je ferme les yeux et, tout à coup, une piste se dessine. *Je peux consulter les derniers appels des téléphones sans retrouver les appareils…* J'ai forcément accès à leurs informations via le Google Drive synchronisé. Je n'y ai pas pensé car je n'utilise jamais cette fonctionnalité, mais ma sœur s'en servait !

Immédiatement, je vérifie. En effet, l'ordinateur a gardé les données en mémoire. L'historique affiche : 28 avril. Durée de l'appel : 43 secondes. Interlocuteur : Maeva. C'est vrai, Maeva l'avait mentionné… Elles se sont parlé le soir même, en se promettant de se rappeler le lendemain. Leur ultime conversation.

Ensuite, je vois d'autres appels enregistrés, et ce jusqu'au 1er mai. *Mais Liane était déjà décédée au 1er mai ?*

Je me rends alors compte que ce sont des appels reçus. Le portable a continué à recevoir des appels.

Je tends la main vers ma seconde bière et j'en descends la moitié. Je suis confuse. *Meurt-on tout de suite, avec sa technique de sac plastique ? Ou bien Liane est-elle restée attachée, terrifiée, s'asphyxiant lentement en entendant le téléphone sonner ? Regrettant peut-être son geste sans parvenir à se détacher ?*

Ma gorge se serre.

Je tente d'en faire abstraction et me concentre sur les appels sortants.

Liane

Extrait du « Carnet rouge » retrouvé dans l'appartement de Liane.

« Vous êtes perdus ? C'est parce que vous résistez. Faites une pause, interrompez votre lecture. Fermez les yeux. Allez-y.

Et acceptez le Chaos. »

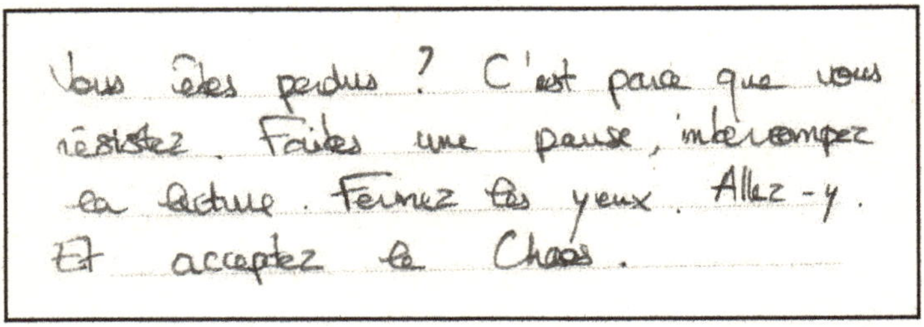
Vous êtes perdus ? C'est parce que vous résistez. Faites une pause, interrompez la lecture. Fermez les yeux. Allez-y. Et acceptez le Chaos.

Louise

Trois appels sortants, le 29 avril avant minuit, vers le même destinataire. La première fois : 18 secondes ; la deuxième fois : 32 secondes. Enfin, une communication de 364 secondes, soit d'une durée de 6 minutes.

Je retiens ma respiration.

Qui Liane voulait-elle appeler si tard ? Et pourquoi raccrocher deux fois si rapidement ?

Je pose les mains à plat sur la table et j'essaie de réfléchir. Je suis si proche du but, il ne faut pas lâcher maintenant.

Pour me donner du courage, je termine ma bière et j'en décapsule une troisième avant de taper le numéro de téléphone directement sur Google. Le moteur de recherche indique qu'il ne s'agit pas d'un particulier mais d'une entreprise.

Un bruit de clés : James passe la tête par la porte. Légèrement ivre, il paraît heureux de me voir. Il me demande si j'ai aimé les sushis. Je ne veux pas me déconcentrer, je n'aurai pas la force de m'y remettre plus tard.

Je tourne l'écran vers lui.

— Regarde : ce numéro, c'est celui d'une boîte en Bretagne, « Lauréfin ».

L'angoisse me serre la gorge, j'ai peur de ce qui a pu réellement se passer.

— Une entreprise qui fait des moulages et des impressions 3D… Mais pourquoi Liane aurait-elle appelé ce numéro à minuit ? Pour le dernier appel de sa vie ?

Coupé dans son enthousiasme, James se sert un verre de vin sans répondre. Je remarque qu'il porte encore son costume de travail.

— James, qu'est-ce qu'elle lui voulait, cette boîte, à ma sœur ? Et puis ce nom, « Lauréfin », c'est bizarre, non ?

Il me lance un regard sceptique, puis soupire en retirant sa veste. Il la plie avec soin et la pose sur le dossier de la chaise. Il semble peser ses mots, pourtant il ne me répond pas. J'ai tant besoin de son avis… Je rassemble tout mon courage et poursuis :

— Tu vois, là : à l'évidence, le service client de Lauréfin est bien enregistré à ce numéro. C'est donc eux que

Liane voulait joindre. Alors, pourquoi les avoir appelés à minuit ? Et trois fois qui plus est ?

James croise les bras sur sa poitrine. En silence.

Déçue, j'attrape une glace dans le congélateur et je vais m'asseoir sur le lit. Tout en déchirant l'emballage de mon Magnum, je me renseigne sur l'entreprise Lauréfin, visiblement localisée à Quéven, dans le 56.

L'attitude de James m'a blessée, plus que je ne veux me l'avouer. Je sens confusément que cette piste est la bonne, mais il va falloir le prouver. J'attendrai d'en savoir plus sur Lauréfin avant d'en parler à Maeva.

Entreprise Lauréfin

Lauréfin SAS a été créée en 2014 à Quéven en Bretagne (Morbihan) afin de concevoir et distribuer des moulages surmesure. Nous confectionnons également des accessoires, des impressions 3D ainsi que des surfaces texturées.

Louise

Cher monsieur Santorin,

Hier, j'ai essayé de vous joindre par téléphone plusieurs fois, sans succès. C'est pourquoi j'ai décidé de vous contacter par mail. Ma sœur Liane Martin vous a rencontré en avril dernier, pour un entretien au sujet d'agressions sexuelles. De ce que je sais, ma sœur Liane avait réussi à se souvenir de certaines expériences traumatisantes grâce à un travail d'hypnose.

En bref, je tiens à vous remercier d'avoir reçu Liane aussi rapidement et d'avoir pris le temps de l'écouter. Votre soutien à ce moment de sa vie a été très précieux pour elle.

Liane s'est donné la mort dans son appartement de Toulouse, fin avril 2018. Il est important pour moi, pour faire mon deuil, de comprendre les ultimes démarches de ma sœur. Je suis consciente qu'il s'est écoulé plusieurs mois depuis votre dernier entretien avec Liane, et que vous avez certainement de nombreux patients à suivre…

Pensez-vous qu'il vous serait tout de même possible de me parler du contenu du dossier de ma sœur ? Je peux vous faire parvenir une demande écrite avec justificatif d'identité, si cela est nécessaire pour vos procédures internes.

J'ai vraiment besoin de votre aide.

Louise Martin

Liane

Extrait du « Carnet de bord des derniers jours » de Liane.

« Hier, j'ai décidé de la date. Depuis, tout a un goût de dernière fois. Dernières caresses au chat de la voisine, dernières visites aux proches, dernière fois à la patinoire. Derniers rires, dernières larmes. Je me sens comme à l'approche d'un grand déménagement.

Comme avant un grand départ… C'est le moins que l'on puisse dire. »

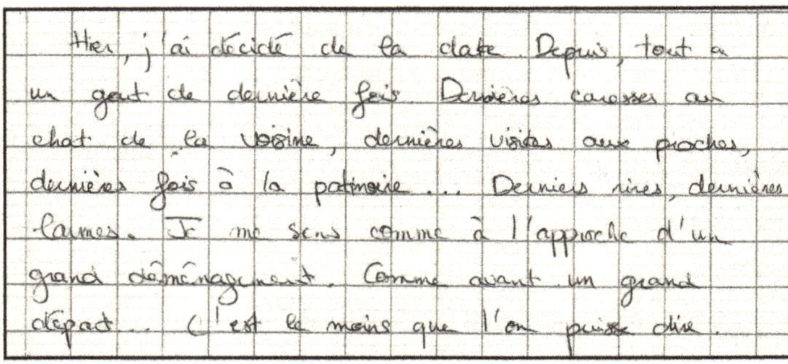
Hier, j'ai décidé de la date. Depuis, tout a
un gout de dernière fois. Dernières caresses au
chat de la voisine, dernières visites aux proches,
dernières fois à la patinoire... Derniers rires, dernières
larmes. Je me sens comme à l'approche d'un
grand déménagement. Comme avant un grand
départ... C'est le moins que l'on puisse dire.

L'homme

Il ne sait que penser de ce qu'il a fait. Peut-être que la morale est de son côté, peut-être que non. Il a agi comme il le croyait, de manière juste. Mais aussi en faisant fi des lois. Et en faisant fi de la souffrance qu'il allait infliger à tous ces gens. Il les a vus pleurer à l'enterrement.

À présent, il peut dire la vérité. Tout au long de son acte, il savait que ce qu'il faisait était mal. Qu'il pourrait y avoir des répercussions. Et il espérait, de toutes ses forces, qu'il n'y en aurait pas. Que personne ne se douterait jamais de son implication. Qu'il reprendrait sa vie ensuite, comme s'il ne s'était rien passé. Que cette histoire se tasserait rapidement.

Oui, avec le temps, tout le monde oublierait. Et il serait sauvé.

Louise

Je chausse mes ballerines Repetto et fourre une paire de talons aiguilles dans mon sac à main. En partant, je cherche mes clés, j'attrape mes écouteurs et un livre. Je passe la porte, James m'emboîte le pas. J'ai brièvement l'impression qu'il va m'embrasser, mais il s'arrête sur le seuil et me fait au revoir d'un signe de la main.

Je tiens sincèrement à James. J'aurais peut-être dû le lui dire plus souvent. Avant, nous parlions d'avoir des enfants ensemble, mais maintenant... Je ne sais plus quoi penser. Au bout du couloir, j'appelle l'ascenseur. Tout le temps que dure la descente, je visualise la journée à venir.

J'ai été convoquée par mon supérieur. Je n'ai pas d'autre choix que de m'y rendre, mais je sais ce qui m'attend : des tonnes de projets à rattraper, des gens à appeler, des dossiers à préparer. Des présentations, des calculs compliqués.

Je voudrais juste aller me recoucher.

Une fois n'est pas coutume, je prends le bus. C'est plus long, mais cela m'évite de courir après le métro et aussi de faire un changement de ligne. Je n'aurais pas le courage d'affronter la foule du matin. Et puis dans le bus je peux me poser. Le paysage défile : des maisons blanches, des arbres aux formes bizarres, des passants en tongs... Je les vois sans les voir. Une heure plus tard, me voilà arrivée.

Au bureau, il fait une chaleur étouffante. Et ce n'est pas qu'une impression : la clim est hors service. Je jette un œil à ma plante de bureau en me demandant comment elle survit dans ce sauna. Elle étire ses petites feuilles translucides vers le plafond, fidèle à elle-même, courageuse dans l'adversité.

Tout autour, sur ma table, sont éparpillés une multitude de Post-it et de notes préparées pour mon rendez-vous avec M. Santorin. Il m'a proposé un entretien téléphonique, mais je ne m'en sens finalement pas capable. Je ramasse les stickers jaunes un par un et les jette dans la corbeille.

Mon boss m'appelle. Je m'excuse platement pour mes absences, il me recadre bien plus gentiment que je ne l'avais imaginé. Je lis presque de l'inquiétude dans son regard. Je me demande ce qu'il peut lire dans le mien.

De retour à mon poste, je rédige au brouillon une lettre de démission.

Dehors, le soleil brille haut dans le ciel.

Liane

Extrait d'un poème de Liane.

Méfie-toi des jours heureux,
Du fond de tes moments sombres,
Ils ne te laisseront qu'un goût amer.

Louise

Sans prévenir, le poids revient. Au bureau, en plein après-midi. Je suis en train de préparer un déplacement professionnel, de détailler à mon stagiaire des actions à mettre en place. Et soudain il arrive. Écrasant, étouffant. Le poids de l'absence.

La gêne devient pesante, insistante. Ma sœur me manque, et mon corps tout entier la réclame. Je dois parler à Liane, l'appeler, la revoir. J'envisage un instant de faire l'heure de route qui me sépare de chez moi pour respirer son pyjama, le prendre contre moi.

Autour de moi déjà, l'air se fait plus épais, plus rare. Je sais ce qui est en train de se préparer : une crise d'angoisse. Mais le savoir ne m'aidera pas. J'ai discuté avec Sophie hier. On a évoqué le prochain Noël sans Liane.

La douleur se transforme en lame dure, et je crois sentir la rigidité du manche plongé dans ma poitrine. Le goût âcre de l'acier s'imprime sur mes lèvres.

Hors d'haleine, je suffoque. C'est forcément psychosomatique. Je jette un œil inquiet à Arnaud. A-t-il remarqué ce qu'il se passe ? Ma poitrine se soulève difficilement, dans un effort surhumain pour aspirer de l'air. Mes doigts se crispent.

Et je me répète : *Ça devrait passer.* J'essaie de respirer lentement. Progressivement, les bruits parviennent de nouveau à mes oreilles, mes jambes se font moins cotonneuses. Je prends une nouvelle inspiration. Une main sur le ventre.

L'avalanche est passée. J'ai envie de quitter ce bureau, d'aller me lover sur le canapé du salon familial avec Liane, de boire une tasse de thé, de grignoter des carrés de chocolat avec elle. C'est impossible, pourtant.

Peut-être qu'un mot, une phrase de ma part aurait tout changé ? Liane m'a-t-elle réellement dit quelque chose qui me permettrait de retrouver la personne qui lui a fait du mal ?

J'ai très peur de ne plus arriver à continuer à vivre si je ne résous pas cette enquête.

Liane

Extrait d'un texte de Liane, retrouvé dans son ordinateur.

Je crois que je ne tiendrai pas.

En fait, c'est plus que ça. C'est une certitude. Je n'en peux plus.

Je pensais que ce serait réglé. Que le harcèlement finirait. Qu'être heureuse serait possible un jour. C'était idiot, c'était puéril.

Savez-vous ce que ressent un oiseau lorsqu'un chasseur lui tire dessus, lorsque son corps, percé de mille blessures, ne lui répond plus, lorsque ses plumes arrachées par des plombs tournoient autour de lui, lorsque ses ailes brisées pendent, inutilement ?

Il souffre.

Il souffre… Et il tombe.

Oh que oui, il y a et je connais des personnes qui ont été bien plus durement malmenées par la vie que je ne l'ai été. Mais j'ai compris quelque chose : personne ne quitte jamais totalement les chemins sombres. Les fouler vous laisse des traces indélébiles, au mieux des cicatrices, au pire des plaies qui jusqu'à la fin resteront ouvertes. Et la guérison est longue. Très longue.

Cette fille du collège a pris le fragile écrin que j'étais et l'a jeté par la fenêtre. Elle est sortie dehors et en a écrasé les morceaux restants. Puis elle est partie, fantomatique. Laissant derrière elle une poudre blanche, brillante. Autrefois Poupée de verre. À présent Brisée. Totalement.

Incapable de se défendre, face à tous ses agresseurs suivants. Pas de chance, ils seront nombreux.

L'homme

Il a choisi de vivre comme s'il n'avait jamais rencontré Liane. Comme s'il n'avait pas bu ce café avec elle, comme s'il n'était pas responsable de ce qu'il s'est passé ensuite.

Malgré ses quarante ans, il n'a pas encore réalisé la plupart de ses rêves d'enfant. Alors aller en prison, pour lui, c'est inimaginable.

Liane

Extrait d'un texte de Liane.

Aujourd'hui je dis tant pis pour tout. Tant pis pour mes cours de chimie. Tant pis pour le sport que je m'étais promis de faire. J'étouffe, dans tous vos conseils. Jamais plus je n'irai à vos sessions de psy pour écouter vos « vous devriez faire cela ».

Louise

Un ami, Émile, part en vacances pour la semaine. Tout naturellement, il me propose d'emménager chez lui pour m'occuper des plantes. Situé en périphérie de la ville, son logement est plus grand que le nôtre, et – dix-septième étage oblige – la vue y est magnifique. L'offre me plaît : j'en parle à James qui accepte. Cela me semble l'occasion rêvée de recoller les morceaux. J'ai l'espoir d'y arriver et je crois que lui aussi.

L'appartement d'Émile est propre, neuf, on adore la déco. Le début de semaine passe très vite. Le coin salon est agréable, James et moi sommes contents de nous y installer le soir. Parfois on lit, parfois on reprend nos discussions légères, qui me rappellent nos confidences d'antan, au bord de la piscine. J'ai toujours le vertige, pourtant. À deux reprises, je me dis que ma vie n'a aucun sens sans Liane : je mesure tout ce qu'on aurait pu vivre ensemble. Dans ces moments, je ressens l'envie de me pencher au-dessus de la balustrade. Immédiatement je repousse cette idée.

En rentrant un soir à l'appartement, la vue incroyable au-dessus de Singapour me saute aux yeux : le ciel est rosé, immense, à perte de vue.

Je sors un tapis de yoga. Je me mets en sous-vêtements et commence des étirements. James râle toujours quand je sors à moitié nue sur la terrasse. Cela tombe bien, il n'est pas là.

Au dix-septième étage et sans vis-à-vis, je me sens libre de faire ce que je veux. Sur le balcon, je m'étire le dos, les bras, les jambes.

Allongée sur le tapis de mousse, je m'essaie ensuite à l'autohypnose. Je descends les vingt marches. J'arrive dans mon « endroit de secours ». Mais tout a changé. Il est gris, il est sale. Sur le sol, j'aperçois le corps de Liane posé sur une bâche. L'effroi me saisit, et je quitte immédiatement ma transe. Le cœur battant, je ne vois que la balustrade.

Vas-y.

Je me lève, je m'approche du rebord et me penche. Tout en bas, loin en bas, on distingue le carrelage du parvis. Un carrelage jaune, dix-sept étages plus bas. Il m'aspire presque. Je place une main sur la rambarde. Il suffirait de basculer, la gravité ferait le reste.

Mon pied se détache du sol, et j'enfourche la balustrade. Il ne manque que la dernière impulsion. Le carrelage jaune est là, tout près, si près. Avec lui, la douleur prendrait fin. Tout serait fini.

On dit qu'au moment de la mort le cerveau produit des endorphines en quantité massive. Que nos derniers instants sont inondés par ce bonheur chimique. J'espère que c'est vrai. Je soulève mon pied resté à terre. Je m'assieds sur le bord de la balustrade, les jambes dans le vide. En avançant à peine la tête, je suis déjà à mon point d'équilibre. L'attraction du vide est forte, très forte. Irrésistible. Mon cœur bat à toute vitesse.

Des images défilent. Mon cerf-volant d'enfant, les roulades dans l'herbe entre sœurs. Je crois reconnaître l'odeur des feuilles mortes de nos balades en forêt et celle des lavandins de mon jardin familial. Je revois le visage de James.

En France, le suicide, c'est tabou. Personne n'en parle, personne ne vous dit à quel point c'est rapide. Il ne me reste qu'à me pencher, juste un peu. Le carrelage jaune m'attend. Je ne sentirai rien et je n'aurai plus mal. Plus jamais. Je prends mon élan et j'inspire profondément.

L'odeur que le vent amène à mes narines, je la reconnais. Une odeur d'amande amère. Elle ne dure qu'une fraction de seconde, mais déjà les poils de mes bras se hérissent alors que la vérité me frappe de plein fouet. Les fragrances de cuir, de cigarette, de métal et celle d'amande amère. Je les ai senties ensemble.

Je les ai senties ensemble le jour de l'enterrement, lorsque j'ai vu cet homme au beau milieu de la foule. Pourquoi n'y repenser que maintenant ? Les pièces du puzzle s'assemblent sous mes yeux. L'odeur que j'ai perçue sur Liane à la morgue, cette odeur qui m'intriguait, est la même que celle que j'ai respirée sur l'homme en noir.

La certitude me ramène brutalement à la réalité. J'hésite. Je vacille. Je ne saute pas.

Il y a des informations qui restent inconscientes. Pour cette fois, elles ont su faire pencher la balance en faveur de la vie. Je redescends sur le balcon, tremblant de tous mes membres. J'ai les oreilles qui bourdonnent.

Lorsque James rentre du travail une heure plus tard, je ne lui dis rien. Je l'écoute raconter sa journée, je le regarde préparer le dîner, se servir un verre de vin, remplir le lave-vaisselle. Il semble porté par ses habitudes, il enchaîne les actions du quotidien sans effort. Je suis tellement en décalage… Je n'arrive plus à suivre.

Sans lui en parler, j'ouvre mon ordinateur et envoie la lettre de démission à mon boss.

Liane

Extrait d'un texte de Liane, retrouvé dans son ordinateur.

Les mots me percutent aussi brutalement que si l'on m'avait frappée. Ma respiration se bloque tandis que mon esprit refuse de réaliser les faits. Son saut. Elle aurait pu sauter.

Je revois sans cesse les images dans ma tête. Son corps qui tombe. Le sol se rapprochant inexorablement. L'impact. Sa tête touchant le goudron. La peur, lorsque le médecin s'approche du corps désarticulé. L'espoir mort-né.

Je m'effondre sur le sol froid. Ma bouche se tord dans un hurlement, mais aucun son ne sort. Je n'ai pas de souffle, je ne peux suffoquer. Pourtant j'ai mal. Je ne vois que du noir. Ai-je fermé les yeux ?

La douleur dépasse mon seuil de tolérance. J'ai tellement mal. Trop mal pour pleurer, trop mal pour parler, trop mal pour bouger. Mon calvaire ne disparaît pas alors que je sombre à nouveau dans le noir de l'inconscience.

Louise

Lorsque Louise s'endort, une bougie sur sa table brûle toute la nuit.

Cette nuit-là, je rêve encore de Liane.

Assise dans une barque à Venise, elle porte une longue robe bordeaux et des plumes de corbeau dans les cheveux. Majestueuse comme jamais. La barque à fond plat flotte à quelques centimètres de la digue où je me trouve. Liane s'y tient, droite, digne.

Elle me regarde avec sérénité. Derrière elle, la lagune calme est d'un vert profond. Au loin sur la jetée, une silhouette se dessine : celle de l'homme en noir.

Liane

Extrait d'un texte de Liane, retrouvé dans son ordinateur.

Oublie-moi.

Oublie mes mots. Oublie ce qui fut ma présence, ce qui fut mon odeur. Oublie les traits de mon visage, les sonorités de ma voix, la texture de ma peau. Oublie ce que j'ai pu t'apporter et ce que j'ai brisé en toi.

Oublie tout de moi, parce que tu dois vivre et qu'ainsi tu vivras. Ferme les yeux, je t'en prie.

Compte jusqu'à cinq, et recommence à construire ta vie.

Louise

Le ciel est zébré de nuages clairs et, malgré l'heure matinale, le soleil tape fort sur la ville. J'ai décidé de sécher le travail : au point où j'en suis… En théorie, je suis tenue d'effectuer un préavis obligatoire, mais je préfère en ignorer sciemment les conséquences pour aller prendre un café sur la terrasse du Marina Bay Sands, le « MBS » pour les intimes.

Le bâtiment futuriste, construit en forme de bateau, figure sur toutes les cartes postales de Singapour. Depuis sa balustrade, on y admire la ville entière, et en particulier le Gardens by the Bay qui se prolonge jusqu'à la mer. Dans ce complexe, la moindre consommation se paie à prix d'or. J'arrive alors que l'endroit est déjà plein, je donne discrètement un billet au vigile pour entrer quand même. Oui, c'est illégal.

Tout juste rendue sur la terrasse, je me dirige d'un pas tranquille vers une chaise longue, au bord de la piscine privée du café. Je commande un expresso. On se sent un peu hors du temps, ici. Dans l'eau claire, un garçon fait des longueurs. Il me sourit. Sans lui répondre, je déplie mes lunettes de soleil. Voilà un moment que je n'ai pas eu de conversation avec Maeva, elle me manque un peu.

Deux tonalités et elle décroche. On discute de tout et de rien. Elle semble sur le point de reprendre sa vie en main, et je suis heureuse pour elle. On parle de son envie d'adopter un chat, des cookies au chocolat blanc et à l'orange qu'elle a préparés pour ses collègues. Et puis elle raconte que Liane adorait son meuble télé, qu'ensemble elles y avaient trouvé une cachette secrète : un petit compartiment dans lequel elles rangeaient leurs lettres d'amour.

— Je n'ai pas pensé à regarder dans la cachette, lors de notre dernière visite à son appartement. Alors depuis ce matin, j'ai l'espoir d'y découvrir quelque chose qu'elle y aurait laissé juste pour moi. Comme un cadeau d'amoureuse, tu vois ?

— Maeva, tu vas être un peu déçue… Mon père a terminé de vider l'appartement de Liane.

— Ah bon ? Mais personne ne me l'a dit !

— Désolée. Donc le meuble dont tu me parles, il a dû être confié à un dépôt-vente il y a au moins deux semaines.

— Oh non… J'y tenais beaucoup. Tu crois qu'il y est encore ?

Entre nous, je n'en sais rien. Mais je n'ai pas le cœur de décourager mon amie. Alors je lui conseille d'aller faire un tour à la boutique. Qui sait, elle pourrait avoir de la chance.

— Tout n'est pas perdu, Maeva. Allez, ne t'inquiète pas, on va le retrouver. Tu penses y aller quand ?

— Je ne sais pas, au plus vite du coup. Demain soir après le travail, peut-être.

— Ça marche. Et sinon… Au risque d'insister… Tu as pu en savoir plus sur l'homme en noir qui était à l'enterrement de Liane ? Le type large d'épaules, avec un blouson de cuir noir ?

— Non, toujours rien. En tout cas, j'ai hâte de vérifier le meuble, ça me stresse un peu tout ça. Vivement demain. Enfin bon… Attends, reste en ligne, j'ai un truc pour toi.

Avant de raccrocher, Maeva me partage une musique de Vangelis, *La Petite Fille de la mer*. L'une des favorites de Liane. Pas pour enquêter, non. Seulement parce que Maeva sait que ma sœur me manque beaucoup. Cette musique, je la passe plusieurs fois. Tout en écoutant, j'ai fermé les yeux, juste quelques secondes. Puis je les ai rouverts.

Liane

Extrait d'un texte de Liane, retrouvé dans son ordinateur.

J'aurais aimé être écrivain. Pas pour écrire aux autres. Mais pour m'écrire à moi. Pour pouvoir me parler, m'apprivoiser. Pour pouvoir me sauver. Si j'y étais parvenue, j'aurais pu tout vous raconter. Cela vous aurait plu, je crois.

Louise

C'est notre dernière nuit dans l'appartement du dix-septième étage. Je suis réveillée par le bruit du vent qui s'infiltre par la fenêtre restée ouverte. Des feuilles mortes volent dans l'appartement. Il fait frais. Je sors sur le balcon, et le sifflement s'intensifie. Des deux mains je repousse le battant de la porte-fenêtre.

Malgré l'humidité, le ciel est resté clair et lumineux. Juste au-dessus de l'horizon flotte un halo jaune. À perte de vue, des immeubles, des tours, des parcs et, au loin, l'océan. Rapidement, la pluie commence à tomber.

Liane adorait la pluie.

Sous mes pieds, le sol du balcon est rugueux. Sans quitter le paysage des yeux, je m'installe sur la banquette extérieure et replie mes jambes contre moi.

Malgré le vent et la pluie, l'atmosphère est étrangement sereine. Ce calme semble déteindre sur moi, ma respiration est profonde, l'urticaire a disparu. J'ai le sentiment, peut-être à tort, d'avoir enfin du recul sur la situation. En bas sur le carrelage jaune, les gens courent avec leur parapluie. La route est toute proche. Je vois les voitures envoyer des gerbes d'eau à chacun de leur passage dans les flaques.

Je ne remarque pas l'ombre qui se rapproche dans mon dos. Une main se pose sur mon épaule. Une main douce, toute tiède.

— Tu as songé à prendre des médicaments contre le stress ? me demande James. Ton père dit que ça l'aide, parfois. Tu dors très peu, en ce moment.

Je lui souris doucement, et je lui assure que ça ira. À cet instant-là, j'y crois presque. Il s'assied près de moi, je pose la tête sur son épaule.

L'homme

Parfois, il croise le regard de jeunes femmes qui ressemblent à Liane. Dans la rue ou au supermarché. Il ressent alors une peur terrible d'être inquiété. Pourtant, les chances sont minces. Cela dit, il a fait des erreurs. Par exemple, il a regretté le message envoyé à Louise par maladresse. Une manipulation trop rapide, son doigt qui a glissé… Avant qu'il comprenne ce qu'il se passait, le mal était fait. Fort heureusement, ce téléphone, personne ne le retrouvera.

Louise

Je me réveille vers 5 heures du matin. Dehors, la pluie s'est arrêtée. Je prépare du thé. Un thé vert, acheté en vrac. Un peu poudreux, bien trop vert. Je le laisse infuser dans ma tasse brûlante.

Je le sens bien, que je perds pied. Se mettre à enquêter sur une sœur morte était une entreprise pour le moins périlleuse. J'ai l'impression d'être à la fois très près de trouver ce que je cherche, mais aussi très loin. Je suis si fatiguée… Je me remémore les choses étranges accumulées ces dernières semaines : les mails, l'odeur de Liane, le message reçu depuis son téléphone, la voiture noire, cet homme…

Je me vois couler. J'ai frôlé des limites que je ne peux plus dépasser. Si je veux m'en sortir, je vais devoir fixer une fin à cette enquête. Que j'aie une réponse… ou non.

Alors je me fais une promesse. Demain sera mon dernier jour de recherches. Après, j'arrête. Dans vingt-quatre heures, tout sera fini.

Liane

Extrait d'un mail de Liane, envoyé à Maeva deux semaines avant son geste final.

De : Liane Martin ([redacted])
Envoyé : jeu. 12 avril 2018 à 10:37
À : maeva974 ([redacted])
Je me sens mal. Alors oui je sais, j'ai très peu dormi, et je n'ai pas mangé, et c'est sans doute en partie à cause de ça que je suis en boule sous ma couette, les larmes aux yeux. Mais y a pas que ça. Mon cerveau tourne en boucle. Il passe d'un sujet angoissant à un autre sans s'arrêter. Les examens. Mon rdv au centre le 25. Ce que je vais bien pouvoir dire à cette psychiatre qui me suit mais qui ne me connaît pas tellement, ce que je vais pouvoir dire pour justifier les rdv loupés, mon silence de plusieurs mois. Les agressions au collège. Celle de janvier. À quel point j'ai du mal à comprendre pourquoi je me sens aussi mal pour quelque chose d'aussi dérisoire. À quel point je me sens nulle…

Louise

Il me reste un mois de préavis avant de quitter mes fonctions, mais dans les faits j'ai vraiment lâché prise. Même au bureau, je préfère lire et relire les témoignages du harcèlement. J'imagine l'homme en noir, je le dessine. Mon urticaire est revenue, et j'en ai maintenant tellement sur les bras que je ne peux plus le cacher. On me fait des commentaires, je les ignore.

J'ai parfois la nette impression de voir cet homme en noir devant moi. Des flashs très courts. Mon équipe me demande si j'aurai fini de travailler sur les dossiers d'ici demain, j'affirme que oui.

En fait, je suis surtout obnubilée par l'appel prévu ce soir avec le sexologue qu'a rencontré Liane. La dernière personne du corps médical à avoir parlé à ma sœur… Je suis curieuse de savoir ce qu'ils se sont dit.

Liane

Extrait d'un texte de Liane, retrouvé dans son ordinateur.

La jeune fille peine. Les mots s'alignent devant elle, forcés, contraints. Ils s'alignent durement, se mettent les uns à la suite des autres en refusant de s'emboîter. Elle s'indigne, vocifère, ordonne aux mots de se ranger correctement, les supplie de bien vouloir former une mélodie. De chanter leur vérité.

Louise

Le bureau est désert, ce soir. Je suis la dernière sur le trading floor. Vers 19 heures, un début d'angoisse monte en moi.

Initialement, je souhaitais être tranquille pour appeler le sexologue après le départ de tous mes collègues, à l'abri des oreilles indiscrètes. Mais je le regrette à présent, car l'ambiance est un peu bizarre. Les ampoules ocre projettent des ombres sinistres sur les murs, et certains ordinateurs, laissés en veille, continuent à émettre de petits bips réguliers.

Pour passer l'attente avant l'entretien téléphonique, je compose le numéro de l'entreprise Lauréfin, celui qui apparaît sur le relevé d'appels de Liane, la veille de sa mort. Je laisse sonner. Longtemps. Sans succès.

Alors je parcours la boîte mail de Liane. Je n'ai pas pris de vraie pause depuis des semaines. Volontairement. Je fuis les temps morts, je ne veux pas penser.

Mon téléphone professionnel sonne. *Qui peut bien m'appeler à cette heure, alors que nos bureaux sont fermés ?*

— Allô ?

Il y a une femme au bout du fil. C'est le numéro de Lauréfin qui rappelle. Elle me prend au dépourvu.

Je demande :

— Êtes-vous de l'entreprise Lauréfin ?

La femme semble étonnée.

— Oui, c'est notre entreprise. Et vous, qui êtes-vous ?

Prise de court, je décide de jouer cartes sur table.

— Êtes-vous une amie de ma sœur Liane ?

— Quelle Liane ?

— Liane Martin.

Je sens la femme hésiter au bout du fil et je regrette de ne pas avoir inventé une histoire. La dame reprend :

— Écoutez, je ne comprends pas très bien. J'avais un appel en absence. Vous avez bien essayé de nous joindre ? Vous savez, à Lauréfin, on est une petite entreprise familiale. On est plusieurs à suivre les commandes. C'est au sujet d'une commande en cours ?

— Ben non, je pense que j'ai dû me tromper de numéro.

— Pas de problème, conclut-elle.

En posant l'iPhone sur le bureau, j'ai les mains qui tremblent et le cœur qui bat la chamade.

Plus que quatre heures avant d'abandonner les recherches, comme je me le suis promis.

Liane

Extrait d'un texte de Liane, retrouvé dans son ordinateur.

Il y avait un monde de magie, de couleurs éblouissantes, de formes étourdissantes. Cet univers de bonheur s'est effacé, déchiré par ces adolescents qui ont croisé ma route.

À regret, ce soir-là, j'ai trempé ma plume-lune dans l'encrier de la nuit et j'ai redessiné le monde. Mon monde, celui dont je souhaite me souvenir. Ensuite, j'ai pris un pot de peinture-lumière. Du bout du doigt, j'ai tracé le reflet du soleil sur l'eau bleue. Et à l'aide de mots, j'ai construit un bateau ailé.

Pour lever l'ancre.

Louise

20 h 02. Je compose le numéro de M. Santorin.

La tonalité retentit, une fois, deux fois. Je voudrais raccrocher, rentrer chez moi et dormir pour toujours. Sonneries : trois, quatre. Si seulement je pouvais me laisser glisser vers le métro, mon appartement, mon lit.

M. Santorin décroche. À son intonation je devine un homme assez âgé.

— J'ai rencontré votre sœur, elle est venue me parler, m'annonce-t-il d'une voix douce. Elle est arrivée très stressée au cabinet. Il y a eu beaucoup de pleurs, au début. Liane était terrifiée par la situation qu'elle vivait. Elle désespérait de trouver une solution.

Il y a un bref silence. Je reprends mon souffle. Il poursuit :

— J'ai tout de suite senti que Liane était en grande détresse. Mais j'ai aussi repéré une profonde volonté, malgré ses difficultés pour sortir de chez elle. La première fois, j'ai tenté de la contacter quand elle ne s'est pas présentée au rendez-vous. Elle est finalement venue le lendemain. Elle a mentionné une agression en janvier de cette année. Elle m'a raconté qu'un homme la touchait dans la rue, encore récemment. Cet événement en début d'année a pu faire remonter des traumatismes antérieurs. Vous savez, quand on est jeune, on n'a pas la maturité pour comprendre ce qui nous arrive. Évidemment, on saisit que quelque chose cloche, que ce n'est pas normal, mais on ne sait pas pourquoi.

Ensuite, on parle de phobie scolaire. Je saisis l'occasion pour l'interroger :

— Ce que je ne comprends pas, c'est comment Liane a pu aller aussi mal, alors qu'elle semblait épanouie deux semaines avant son geste. Pourquoi, moi, je n'ai rien vu ?

— Parfois, dans un cercle familial restreint, on se sent plus en confiance et on vit librement, ce sont de rares moments de respiration. Cela expliquerait sa légèreté apparente.

Espérant en apprendre plus, j'enchaîne :

— Je vois… Et il y aurait autre chose qu'elle vous aurait confié ?

— Elle a évoqué un centre pour jeunes et un changement de praticien qu'elle aurait mal vécu.

— Je ne le savais pas… Une dernière question, monsieur Santorin : Liane a-t-elle mentionné vouloir porter plainte contre la personne qui l'avait agressée ?

Un court instant, je me demande s'il va parler d'un homme en noir.

— Comme je vous le disais, elle a fait référence à une agression en janvier dernier. Cependant, rien de précis. Je n'ai pas essayé d'insister.

— Donc vous croyez qu'il serait impossible d'identifier son agresseur ?

Il marque une pause. Il semble y réfléchir.

— Pas nécessairement... Elle a mentionné le CIDFF[1] de Toulouse, qui apporte du soutien aux jeunes femmes violentées. Je pense qu'elle s'y est rendue.

— Alors elle n'a rien imaginé ? Il lui est vraiment arrivé quelque chose ?

— Mademoiselle, Liane mélangeait un peu la réalité et sa réalité, mais je suis convaincu qu'elle avait conservé un certain recul. Et je crois qu'elle a réellement entrepris des démarches. D'expérience, les femmes que je vois aussi déterminées portent presque toujours plainte.

Au bout d'une vingtaine de minutes, il conclut :

— Si Liane était déjà fragilisée, le harcèlement scolaire a peut-être créé des troubles irréversibles.

Je le remercie pour sa disponibilité et je coupe la communication.

Je m'adosse à mon siège pour inspirer profondément. Liane s'est battue. On l'y a aidée.

J'aurais aimé faire un métier comme celui de M. Santorin, un métier qui aide les gens. En un sens, je lui suis reconnaissante, car il a su entendre Liane. Il l'a soutenue.

1. Centre d'information sur les droits des femmes et des familles.

Sur le chemin du retour, le métro est désert. Je m'assieds sur un strapontin. Le sexologue m'a permis de mieux appréhender les démarches de Liane. Je comprends maintenant son besoin de sécurité, pourquoi Liane ne quittait plus son appartement. Pourquoi elle a choisi d'y rester pour toujours, même si son choix me brise le cœur. Ma montre indique 22 heures. Il me reste peu de temps pour décider de ce que je vais faire à mon tour.

En entrant dans notre studio, je croise le regard de James.

— Viens là, murmure-t-il.

Il m'accueille dans ses bras. Je fonds en larmes et lui raconte tout. L'hypnose, l'agression de janvier, le sexologue, mes doutes. Les paroles de M. Santorin sur ma sœur courageuse. Ses études, suivies envers et contre tout, les différentes approches médicales qu'elle a tentées. Poussant jusqu'à aller consulter un quinzième praticien quand les quatorze premiers ne convenaient pas.

Je rapporte à James l'échange avec le sexologue sur le parcours de Liane. Ses flashs, les cauchemars qui la terrifiaient, la panique. Ce centre de femmes où elle s'est peut-être rendue. Mais je passe sous silence l'homme en noir qui m'obsède depuis des jours. James a l'air perdu.

— Quelle agression de janvier ?

— Ben, celle qui a fait remonter tous les souvenirs violents.

— Ta sœur s'est fait agresser en janvier ? Mais par qui ?

Je me pose la même question.

VI

PRÈS DU BUT

Maeva

J'ai prévenu Louise que j'allais au dépôt-vente chercher le meuble aujourd'hui. Il est presque minuit à Singapour, alors elle avait l'air un peu endormie. Elle va arrêter d'enquêter. Puisque ça l'aide, je le ferai aussi, par amitié. Moi, tant que j'ai mon meuble, ça me va.

J'entre dans le magasin qui va bientôt fermer. Je parcours les allées au pas de course et j'aperçois le meuble télé de Liane. Il est maculé de poussière. Sur un côté, il y a les autocollants qu'on avait collés ensemble après le festival de musique Rio Loco. Je l'ouvre et je tire sur le compartiment secret. Ça résiste. Je tire plus fort. Rien à faire, le mécanisme a dû se gripper.

À la caisse, la vendeuse me le fait pour 20 euros. Je tente de négocier avec elle pour qu'il soit livré chez moi, sans succès. Ils n'ont même pas de camionnette à me prêter. Je vais avoir un problème… Ce meuble a beau être petit, je peine à le porter. Comme je l'ai déjà payé, la vendeuse me demande si je veux le laisser en consigne. J'effleure le bois du bout des doigts. Il est sale, mais c'est le meuble de Liane, et j'ai bien failli ne jamais le retrouver… Je ne veux pas l'abandonner sur place une nuit de plus. D'ailleurs, j'ai promis à Louise d'arrêter l'enquête ce soir.

Le métro est juste au bout de la rue. Une fois que je l'aurai embarqué, le chemin sera direct.

Trop lourd, trop glissant. Le meuble m'échappe des doigts et s'écrase sur le trottoir. À peine dix mètres et je suis épuisée. Je marque une pause. Maintenant que le soleil décline, il commence à faire frais. Je tire énergiquement sur le compartiment secret : il ne bouge pas d'un pouce. Je le secoue, j'y mets un coup de pied, je lâche un cri. Mon pied me brûle. Déjà, je regrette mon geste : c'était le meuble de Liane, quand même…

Je me donne cinq minutes, le temps de laisser la douleur se dissiper. Assise sur mon meuble, j'envoie un selfie à Louise, avec en commentaire : « Mission réussie ! 1,50 m sur 0,65 cm. » Je poste une photo du dépôt-vente sur Instagram. Il me reste seulement cinq cents mètres. Sauf qu'avec un tel objet c'est drôlement long, cinq cents mètres. Le magasin a fermé. J'hésite à laisser le meuble sur le trottoir. *Je devrais peut-être appeler quelqu'un ?* Sur la route, le flux continu de voitures défile devant moi. Il est 18 h 15, les gens rentrent chez eux.

Sans réfléchir, je tends le pouce. Un Kangoo, un Espace, ce serait parfait… Un meuble de taille moyenne, ça rentre dans un coffre. Presque aussitôt, un Volkswagen Touran ralentit. Au volant, un homme au visage affable. La quarantaine, le cheveu un peu grisonnant.

— Bonjour, tu vas où ?

— Au bout de la rue. La bouche de métro est à cinq cents mètres à peine.

Il me dévisage mais ne dit rien. Il a des rides du sourire assez prononcées. Je l'imagine bien en père de famille. Comme je déteste le silence, je lui précise :

— J'arrive à le porter, mais c'est super lourd et j'ai les mains qui glissent.

— D'accord, tu peux monter. Je vais le charger dans le coffre.

Le meuble rentre en fait tout juste. Mon conducteur met cinq bonnes minutes pour le caser dans le coffre. Moi, j'espère surtout que le meuble ne va pas rayer l'arrière des sièges qui ont l'air neufs. Je m'attache et je passe les mains sous l'air du chauffage. La voiture démarre. J'en suis encore à souffler sur mes doigts quand on marque une pause au feu rouge suivant.

— Ça va mieux ?

Le type me sourit, ses dents sont très alignées. Une petite musique sort de la radio.

— Tu comptes prendre le métro avec ça ? Je peux aussi te déposer ailleurs si tu veux. Je ne suis pas pressé.

On arrive presque à la bouche de métro, mais je n'ai aucune envie de ressortir dans le froid.

— Merci ! J'habite grande-rue Saint-Nicolas, c'est près de Saint-Cyprien.

— Ça ira si je te dépose devant l'hôpital La Grave ?

— C'est presque devant chez moi, ce sera parfait.

Décidément, c'est mon jour de chance. Je m'adosse au siège et joue avec l'élastique à mon poignet. Par la fenêtre, les maisons défilent. Saint-Cyprien, ce n'est pas loin. S'il n'y a pas d'embouteillage, nous y serons dans une vingtaine de minutes.

Patrick, gérant de Lauréfin

Notre entreprise est une boîte familiale. À l'époque de mon père, l'argentique faisait fureur, mais aujourd'hui ce sont les impressions 3D qui nous permettent de faire tourner la boutique. Nos produits sont extrêmement demandés, et nous sommes reconnus pour notre travail soigné. Nous avons même été finalistes à plusieurs reprises aux Trophées Innovation Nautisme, à La Rochelle.

Avec les premiers profits de Lauréfin, ma femme et moi avons acheté une maison de vacances à l'île de Ré. Mais la plupart du temps nous travaillons tous les deux depuis nos locaux officiels, dans le Morbihan. Nos affaires marchent vraiment bien : on peut même se permettre de refuser quelques commandes. J'aime me dire que nous sommes toujours des artisans et que nous construisons quelque chose de spécial, avec nos mains.

Régulièrement, nous concevons des plantes ou des mannequins pour des films. Il y a aussi toutes sortes de commandes plus « insolites ». Il arrive que des hommes nous contactent pour réaliser des poupées grandeur nature. Souvent, on refuse de les faire. Mais parfois, s'ils sont prêts à y mettre le prix, on accepte ce genre de commandes. Il faut bien vivre avec son temps… Je me dis que si ces types-là ont leurs poupées ils n'iront pas agresser une fille dans la rue. Loin de moi l'idée de les encourager dans leur délire, hein. Je suis père, j'ai deux filles à la maison.

Heureusement, la commande que nous avons reçue ce matin-là n'était pas de ce genre. Le type au téléphone voulait un mannequin de femme pour un tournage. Nous lui avons fait un devis. Il tenait à y ajouter une clause de confidentialité, le film serait international. Nous, on n'était pas contre. C'est vrai que, de temps en temps, on nous le demande. Le type avait un budget colossal, il réclamait le top du top. Un mannequin sur batterie, selon des photos, avec des dimensions ultra-précises.

Ce n'est qu'après – quand on a reçu les éléments par la poste – qu'on a commencé à s'inquiéter. Coupures d'ongles, photos floues, mèches de cheveux. On a eu peur que ce soit un fétichiste ou un homme obsédé par les jeunes femmes, qui collectionnait des clichés pris à la dérobée et des objets intimes. Mais le type avait payé d'avance. Nous, on avait déjà encaissé le chèque. Alors on s'est mis au travail.

Maeva

Dans la voiture, mon conducteur raconte qu'il revient de chez sa cousine et qu'elle lui a préparé un carrot cake. Je m'exclame :

— Ah, et c'est vraiment bon, ça ? Je vois souvent des carrot cakes dans la vitrine des salons de thé, mais franchement un gâteau à la carotte, ça ne me dit rien qui vaille.

— Eh bien, c'est l'occasion d'en goûter un morceau. Regarde là, dans la boîte cartonnée à tes pieds. Promis, tu peux recracher si tu n'aimes pas…

Il sourit.

J'ouvre la boîte en carton et je prends une part pas trop grosse, avec une serviette en papier. Je lui en propose aussi, mais il décline, expliquant qu'il s'est goinfré tout l'après-midi. Ensuite, je porte à ma bouche un tout petit morceau. C'est sucré et encore un peu tiède. Rien d'extraordinaire, cependant.

Nous ne sommes plus qu'à dix minutes de chez moi. Sur le trajet, il me demande d'où je viens. Je suis tellement contente d'avoir retrouvé le meuble que je lui déballe tout. Mes parents qui vivent à La Réunion, ma nostalgie de l'île. Je lui décris les plats qu'on mange là-bas, les mangues fraîches du petit déjeuner. Au passage, je lui explique que mon frère vit à Marseille, mais que moi ça me fait loin quand même. Et que du coup, quand je cuisine trop de cupcakes, je les apporte plutôt au bureau. Emportée dans ma tirade, je repense à Liane qui adorait mes cupcakes et je garde le silence un instant. Il m'interroge :

— Ça t'ennuie si on s'arrête quelques minutes à mon bureau ? On va passer juste devant, et j'ai un papier à récupérer.

En vrai, ça ne me dit pas trop. Mais bon, je suis déjà dans sa voiture, et il y a mon meuble à l'arrière. Et puis il me dépose chez moi, alors je ne voudrais pas paraître impolie. D'ailleurs, il a l'air de me demander mon avis simplement par courtoisie : si je lui dis non, on ira sûrement quand même. Sans réponse immédiate de ma part, il me jette un coup d'œil rapide, l'air interrogateur.

— Non, non. Ça ne m'ennuie pas du tout.

Quelques secondes plus tard, nous quittons la route principale. Après un rond-point, il tourne à gauche, puis encore à gauche, et après je ne sais plus.

— Vous faites quoi, comme travail ?

— Disons que j'ai deux métiers. Un gagne-pain et une passion.

— Et votre passion, c'est quoi ?

— En fait, trois jours par semaine, je suis artisan. Je pratique la soudure, essentiellement. Je forge des portails, parfois des miroirs aussi, ou des soudures plus techniques pour de la plomberie par exemple. Ça me vide la tête, c'est un peu mon refuge ici.

Il me détaille ensuite différentes techniques de soudure, mais déjà je n'écoute plus que d'une oreille. La Volkswagen pénètre dans ce qui ressemble à une zone industrielle.

On passe devant des dépôts, il y a de grandes pancartes publicitaires, des bâtiments de tôle. Je feins un intérêt pour son travail, en gardant un œil sur la route.

Le véhicule s'immobilise devant un portail de fer forgé. Dans la cour, il y a une belle voiture. Une Bentley de couleur noire. Je m'apprête à lui dire : « Tiens, quelqu'un vous attend… », avant de voir que le véhicule est vide. On se gare juste à côté. *Est-ce que la voiture lui appartient ?* Je n'ose pas lui poser la question.

L'homme attrape un badge d'accès dans la boîte à gants, son coude effleure mon sein. Aussitôt, le rouge me monte aux joues.

— Bon, comme ça t'intéresse, je vais te montrer le miroir que j'ai forgé pour ma prochaine commande, annonce-t-il en ouvrant sa portière.

Je descends du véhicule, je claque la mienne. Quelques pas me dégourdissent les jambes. D'un clic de clé électronique, l'homme verrouille sa voiture et traverse la petite cour. Sur la droite, des rebuts de ferraille sont empilés contre le hangar de tôle. Je le suis, à bonne distance, pas très rassurée.

La porte du hangar est sale et rouillée. Tout en tournant la clé, l'homme continue à déblatérer : son agenda compliqué, les difficultés d'être à son compte. Je reste quelques pas derrière lui, à l'extérieur. Je rabats les pans de ma veste, me frotte les mains et souffle dedans.

— J'en ai pour deux minutes, me lance-t-il. Tu peux attendre à l'intérieur si tu veux. Il y fait bon.

Le vent souffle une petite brise glacée, et dans la rue les lampadaires s'allument un à un. Dans la zone industrielle, il n'y a plus un bruit, l'ambiance commence à être franchement glauque.

L'homme entre dans le bâtiment, en laissant la porte ouverte. Je jette un œil. L'intérieur est spacieux. Je distingue de larges caisses en bois et des portails forgés, empilés en plein milieu. L'éclairage électrique semble assez vétuste. L'homme serpente entre les caisses et se dirige vers une salle au fond du bâtiment. À mi-chemin, il s'arrête, comme s'il venait de se souvenir de ma présence, et il se retourne. Je dois avoir l'air bête, hésitante, sur le seuil. En tout cas, moi, je me sens gauche.

— Ben enfin, je le paie, le chauffage, m'indique-t-il en rigolant. Ferme la porte, j'arrive.

Je m'exécute. Du coin de l'œil, je le vois disparaître dans la pièce. En attendant, je regarde le fer forgé. Un portail en particulier est magnifique, il est constellé de petites pierres bleues, emprisonnées entre ses volutes de fer. Quand je me penche, je vois mon reflet au milieu de petites paillettes de nacre.

Si j'étais une princesse, j'aurais sûrement des pierres comme ça dans ma salle de bains, songé-je. D'ailleurs, maintenant que je suis en CDI, je devrais penser à acheter un appartement. Ou du moins, commencer à me renseigner. J'ai déjà vingt-cinq ans. Il ne faut pas traîner, car le plus tôt est le mieux, comme le dit souvent mon père.

— Maeva, viens voir ! lance mon conducteur depuis la petite pièce.

Je m'approche et j'entends un bruit de bouilloire. Je passe la tête par la porte. Le type est penché sur une photo. Il lève les yeux, l'air triomphant.

— Regarde ce cadre. Eh bien, c'est moi qui l'ai fait !

Le cadre est composé de cuivre et de métal, on dirait deux longues vagues entremêlées. Sur la photo, une grosse dame sourit. Elle semble un peu boudinée dans sa tunique bordeaux et elle porte deux enfants sur les genoux.

— C'est ma femme, annonce-t-il.

— Ah, je fais. Sympa.

J'ai envie de me barrer, mais je ne sais pas comment le presser sans paraître désagréable.

— Tu veux du thé au lait, ma belle ? Tu as encore froid ?

— Non, non. C'est bon.

Je réponds sèchement, mais alors le plus sèchement possible. Je voudrais juste qu'il pose sa tasse et qu'il me ramène chez moi, et idéalement avec mon meuble télé. Mais qu'est-ce que je fais dans ce hangar avec ce type ?

Je prends conscience que mon portable est au fond de mon sac, dans la voiture. L'homme admire encore sa photo. Le quartier semble désert. Je me dis que si je crie personne ne m'entendra.

Comme s'il avait lu dans mes pensées, le type me lance :

— Elle est très jolie, ta veste.

Je regarde ailleurs.

J'aurais dû porter mon meuble. Je serais déjà arrivée.

L'homme récupère une tasse. Il met trois plombes à ouvrir son sachet Lipton, à le plonger dans l'eau. Dans le silence de la pièce, ces sons paraissent assourdissants, le papier qui se froisse sous ses doigts, puis sa déglutition à grosses lampées. Dégoûtant. Je zippe la fermeture de ma veste jusqu'au cou et je croise les bras sur ma poitrine.

— Après, on y va ? je demande. Je suis un peu fatiguée.

— Bien sûr, j'attrape mon dossier.

Il fouille un peu partout, à la recherche du document. Quel bazar ! Des piles de papiers, des formulaires, des boîtes à chaussures remplies de tickets de caisse. Et, dans un coin, un objet qui me paraît familier. Un petit porte-clés Mickey, du genre qu'on s'achète à Disneyland.

C'est drôle, parce que Liane avait le même. Je me penche vers l'objet. *Ah, il y a du Blanco sur l'oreille droite, comme sur celui de Liane...* Je fronce les sourcils.

Le bruit de papier s'est arrêté, et je perçois la présence du type juste derrière moi. Je me retourne lentement et lève les yeux. Il m'observe, impassible. *Là, c'est officiel, ça craint.*

— Ah, ça, dit-il. C'était à une copine de ma fille. Tu peux le prendre si tu veux. On y va ?

Je passe devant lui, j'ai trop peur qu'il me touche, alors j'accélère le pas. J'ai l'impression de tortiller des fesses comme jamais. Du coup, je marche en écartant un peu les jambes, et c'est encore pire.

Sur tout le chemin du retour, je fais la gueule. Ce type est un gros relou, et il m'a fait une peur bleue. Je suis soulagée quand la voiture rejoint la route principale. Il me propose encore du carrot cake, je décline.

À un feu rouge, je crois le voir diriger sa main vers ma cuisse, alors je croise les jambes aussitôt. Je sens son regard sur moi. À l'approche de l'hôpital La Grave, j'indique un faux numéro de rue, deux portes avant mon immeuble. Il décharge seul le meuble sur le trottoir.

— Et voilà, princesse, tu es arrivée, conclut-il avec un clin d'œil appuyé.

Il enfonce les mains dans ses poches. Sous l'éclairage de rue, il paraît moins effrayant.

— Merci, bonne soirée.

Je n'ai rien trouvé de mieux à dire. Je soulève mon meuble en me dirigeant vers le porche, qui n'est pas le mien, mais celui de mes voisins.

Avec soulagement, je l'entends démarrer. Je fais une pause, puis je traîne l'objet vers mon immeuble. Un coup d'ascenseur et ce sera la fin de l'aventure.

Dans ma poche, le porte-clés Mickey frotte sur ma jambe.

L'homme

À quarante ans passés, il exerce deux métiers. Son travail, c'est médecin légiste. Il sait que ça ne fait pas rêver. Pourtant, il paraît qu'il en faut. Et puis, par les temps qui courent, un travail qui paie bien, cela ne se refuse pas.

Il le confirme, son quotidien n'est pas rose tous les jours. C'est qu'il en voit passer, des choses… Sans compter qu'il est régulièrement de garde le week-end ou la nuit. Compliqué, pour la vie de famille.

Alors pour garder un équilibre, trois jours par semaine, il se rend à son atelier. Il adore la soudure, ça le passionne depuis tout petit.

Liane

Extrait combiné de deux textes de Liane, retrouvés dans son ordinateur.

Chaque jour, j'y pense. Chaque jour, sans exception. Comment vous avouer que je ne pense qu'à ça. Que je n'aspire qu'à ça ? Un meilleur avenir que celui pour lequel les autres me croient prédestinée, juste parce que j'aime bien les maths et la physique. Un autre futur. Une vraie vie.

Je n'arrive pas à me remettre de ce qu'il s'est passé au lycée. Célia le voit aussi, et chaque jour elle m'observe sombrer. Elle sait que j'ai essayé de la dénoncer, et que j'ai échoué. Elle me l'a dit, elle en a ri. J'ai tellement peur de ce qui va m'arriver ensuite.

Je serais tentée d'affirmer que je vais avoir le courage de me battre pour redevenir moi, mais ce serait faux. Mensonger. Parce que ce n'est pas une affaire de courage. Parce que je suis obligée de vivre, au sens propre du terme. Je suis obligée d'aller me coucher et de me lever tôt demain pour recommencer une journée. Je n'ai pas le choix, voyez.

À moins que… Je crois avoir une idée insensée… Je suis obligée de l'envisager parce que je sais, au fond de moi, que ça en vaut la peine. Je pourrais peut-être me tirer de cette situation. Est-ce cela, une « pulsion de vie » ?

Je suis convaincue que je ne pourrai jamais retrouver celle que j'étais avant le harcèlement. Parce que ces événements ont créé celle que je suis aujourd'hui. Ne pouvant pas changer le passé, je peux essayer de changer mon futur.

Louise

Lorsque je reçois le message de Maeva, il est 2 heures du matin à Singapour. « Louise, rappelle-moi vite. »

Je jette un coup d'œil à James, endormi à côté de moi. Sur la pointe des pieds, je me glisse vers la salle de bains. Maeva décroche dès la première sonnerie. Je murmure :

— Qu'est-ce qu'il se passe ?

Elle a l'air confuse, mélange les mots, sanglote.

— Maeva, chuchoté-je un peu plus fort, je ne comprends rien. Quel type ? Quel porte-clés ?

Elle me répond de manière saccadée :

— Le-type-a-mis-un-message. Dans le meuble télé, au fond de la cachette secrète. Je suis sûre que c'est lui, c'est pas du tout l'écriture de Liane. Il était gros et dégueulasse. Il m'a fait un clin d'œil, c'était affreux.

— Un clin d'œil ? Un message ? Je ne comprends rien.

Maeva se reprend, elle me raconte. En ouvrant le compartiment secret, elle y a trouvé un mot, rédigé à la va-vite au crayon de papier sur une feuille volante : « Liane t'aimait. » Je suis sceptique.

— Maeva, tu as bien pris tes médicaments ? C'est quand la dernière fois que tu as dormi ?

Silence.

— Tu pourrais m'envoyer une photo du message ?

— …

Je l'entends qui renifle, qui cherche. J'étouffe un bâillement. Son accès de panique tombe mal. La note manuscrite serait-elle de Liane ? Ce serait la lettre d'amour la plus bizarre de l'histoire… Je soupire. Si Maeva commence à s'écrire à elle-même, on est mal barrées.

— Bon, Maeva, je suis super fatiguée, là. Est-ce que ça peut attendre demain ?

Nouveau blanc.

— J'ai peur, répond-elle enfin d'une voix étranglée. Il n'y a quasiment personne dans mon immeuble. J'ai expliqué à ce type que je vivais seule, que ma famille était loin. Bon sang, ce que je peux être bête !

Je tente de la rassurer :

— Mais non. De toute façon, il ne t'a pas suivie dans ton immeuble, si ?

— Ben, j'en suis pas sûre ! Je portais le meuble télé… Je ne pouvais pas regarder autour en même temps.

— Tu es bien certaine que c'est lui qui a mis ce message ? Après tout, il y était peut-être déjà, au dépôt-vente ?

— J'en sais rien, moi !

Elle s'arrête, hoquette. Et c'est un déferlement de larmes.

— Il m'a fait manger son gâteau dégueu. J'ai l'impression d'avoir son odeur sur moi.

— Maeva, il ne t'a pas touchée, ce type ?

— Ben non, pas vraiment…

— Alors respire à fond. Tu sais quoi, tu devrais aller te doucher, manger et regarder un film.

J'entends le bruit d'un papier qu'on déchire, puis Maeva qui se mouche.

— Allô ?

— Oui, je suis toujours là.

— OK. Bon, pas de parano. Tu fermes ta porte à clé. Et tu me tiens au courant dans une demi-heure.

Je coupe la communication et je vais me chercher un carré de chocolat dans la cuisine. Non, deux carrés. C'était quoi déjà, cette phrase que me serinait maman en agitant son index ? « Pas de sucre après s'être lavé les dents. » Oui, mais elle m'avait aussi répété que mes sœurs seraient toujours là pour moi. Et maintenant,

Liane est dans une boîte sous terre. Alors je mérite bien un peu de réconfort.

Je suis en train de déballer toute la tablette de chocolat quand mon téléphone vibre : encore Maeva.

— Louise, vraiment, je ne me sens pas bien chez moi. Je te jure, je me sens surveillée, oppressée. J'angoisse, là. Il faut que je prenne l'air un peu. D'ailleurs, c'est toi qui m'as dit de marcher et de faire du vélo.

— Pas la nuit ! Maeva, va te reposer, enfin !

Sur ce, elle me raccroche au nez.

Je rappelle, elle ne décroche pas. J'écris : « Mais il est déjà 20 heures passées en France ! Il doit faire nuit dehors ! » Pas de réponse. Elle est vraiment têtue. Et si elle paniquait ? Et si elle faisait une nouvelle crise d'angoisse ?

Je reprends mon téléphone : « Maeva, tu es où ? Tu peux appeler le centre stp ? Tu devrais parler à un médecin, je crois. » Pas de réponse. J'ai un très mauvais pressentiment. Elle est sous Valdoxan. *Ça fait quoi déjà, le Valdoxan ?* Impossible de me souvenir, je les mélange tous, ces médicaments.

Mon portable vibre enfin.

— C'est moi, dit-elle simplement. Désolée, je suis en train de marcher au bord du canal pour me calmer. Maintenant que je suis sortie, ça va un peu mieux. Je ne sais pas pourquoi, j'avais l'impression d'être observée. C'est peut-être un effet des médicaments.

— T'es où ?

— Pas loin de la gare Matabiau, je suis passée à la pharmacie de nuit. Je te rappelle tout à l'heure, mais ne t'inquiète pas.

Je regarde l'heure : il est 2 h 30 du matin ici. Pour moi, « tout à l'heure », ça va me faire tard. Je suis censée aller au bureau demain.

— OK, Maeva, on s'appelle dans une heure. Je vais m'allonger un peu en attendant.

Lorsque je me réveille en sursaut, tout est noir autour de moi. Je suis dans le fauteuil de mon salon. Mon portable a glissé sur le tapis. Six SMS reçus. Cela fait presque deux heures qu'on a raccroché. *Oh ! non. Pas ça.*

Je me lève en panique, je me prends les pieds dans la table basse, j'étouffe un cri. À tâtons, je contourne le canapé pour sortir de la pièce. J'ai la tête lourde et la bouche sèche. Je bois directement au robinet de la salle de bains, tout en appuyant sur « Appel Maeva ». Ça sonne. Ça ne répond pas.

Et là, je découvre les appels en absence. Dix-sept nouveaux messages. *Oh ! non non non non.*

Liane

Extrait d'une nouvelle de Liane, retrouvée dans son ordinateur.

Lancée à pleine vitesse sur la glace, je levai la tête et j'aperçus le cerceau virevolter dans les airs. Le spectacle des couleurs tournoyant au-dessus de moi, à l'instar des ailes d'un calliste enthousiaste, me fit perdre le décompte.

« Reprends-toi, bon Dieu ! »

La clameur du public résonnait dans mes oreilles. Mon regard se fixa sur un point noir, au loin, tandis que le goût acide du désespoir me piquait les yeux. Sur ce salto vrillé que je m'apprêtais à faire, j'étais tombée des dizaines de fois, me cognant la tête contre le sol de la patinoire olympique. Et cette fois-ci, je n'avais pas le droit à l'erreur.

Rassemblant toute mon énergie, utilisant la poussée de mes jambes comme seule prise d'élan, je me propulsais dans les airs. Je me sentis monter, monter, monter encore, tant que l'espace d'un instant, ma raison embrumée par cette enivrante ascension, j'aurais pu croire à mon envol chez les anges.

Sans y penser, mes bras se levèrent et mon torse entama la vrille. Les mouvements étaient quasi automatiques ; plus que mon corps, c'était mon esprit que je devais contrôler. Je devais rester attentive, concentrée, ne pas me faire envoûter par la sensation grisante de mon corps fendant l'air. Prouvant aux spectateurs, dans les gradins, que l'étoile filante que je devenais était suffisamment audacieuse pour aspirer à transcender les lois qui s'appliquaient au monde.

Mais le temps de finir la vrille, l'illusion était finie. Mon corps comme mon esprit redescendaient sur terre. Mon pied heurta la glace avec une force inouïe, telle une météorite percutant le sol. Je luttai pour conserver mon équilibre, tandis qu'une pensée s'imposait à moi, briseuse d'espoir.

« En retard. »

Le lancer était de six mètres, je m'étais attardée une seconde de trop avant mon saut… Je tendis le bras derrière moi, sans vraiment y croire.

Le cerceau atterrit dans ma main.

Thibault, ami de Valentin

Mon pote Valentin est à l'hôpital depuis hier. Quand il m'a appelé il y a trois jours, il était paniqué. J'ai mis un quart d'heure à le calmer ! Il m'a balancé qu'il était suivi, qu'il en était sûr, une Bentley noire avec un type bizarre. Il a crié que ce n'était pas dans sa tête, qu'il fallait le croire. Qu'il était sur écoute depuis des semaines, que des personnes venaient dans son appartement pendant son absence. Que ses objets étaient sans cesse déplacés.

Mon pote, il était chaud ! Il avait carrément fait mettre un second verrou à sa porte et il restait persuadé que des gens entraient par son Velux, parfois même alors qu'il était endormi chez lui. Genre, grave parano, le mec.

Valentin a aussi déliré sur une fille, une meuf sur qui il fantasmait au collège. Il me criait dans le téléphone qu'il l'avait un peu touchée, mais que franchement ce n'était pas que lui, et qu'au collège tout le monde touche les seins des filles. Après, il a pleuré. Je vous jure.

Entre mecs, on se parle pas trop de nos problèmes. En tout cas, moi, j'ai pas souvent des potes qui m'appellent en pleurant. Du coup, je ne savais pas trop quoi lui dire. Pour moi, Valentin, c'est un dur. Alors l'entendre pleurer, ça m'a fait bizarre. En vrai, ça a duré cinq bonnes minutes. Il a parlé d'un couloir, de regrets. Au final, j'ai pas compris grand-chose.

Quand on m'a annoncé que Valentin venait d'être admis à l'hôpital La Grave, j'étais avec mes potes au bar Chez Tonton, vers la Daurade à Toulouse. Ça m'a fait un choc, je vous dis pas ! Ce mec-là à l'hôpital, c'était pas possible pour moi.

Vous devez quand même savoir. Ils l'ont retrouvé exactement comme cette fille. Attaché. Une tentative de suicide, « une TS », ils ont dit. C'est n'importe quoi, ça ne peut pas être une coïncidence. Oui… attaché, vraiment. Le mec, il n'avait pas pris de médicaments, rien, que dalle. Du coup, il était réveillé comme vous et moi. Mais il est resté des heures attaché sur son lit, la tête dans un sac en papier. Il a cru qu'il allait crever !

C'est son frère qui l'a trouvé en allant chez lui. Personne ne sait ce qu'il s'est passé. Valentin, lui, n'a rien expliqué. Il refuse d'en parler. Genre, complètement traumatisé. Il a dit juste que quelqu'un l'a attaché. Un type. Ben oui, moi aussi, au début je ne l'ai pas cru. Il paraît même que comme je lui ai parlé en dernier, je serai convoqué à la police. Pendant qu'il est en convalescence. Mais moi j'ai rien à voir avec cette histoire.

Ah oui, il a aussi parlé de cette histoire de Liane Martin qu'on tripotait au collège. Mais franchement, elle n'a jamais rien rapporté aux profs, alors au fond elle devait aimer ça. Moi je dis ça, je dis rien.

Louise

Lorsque je parviens à avoir Maeva au téléphone, elle s'est fait interner au centre pour la nuit. Elle me dit qu'elle a eu peur et qu'elle a contacté d'elle-même les secours. Qu'elle n'est plus en danger. La crise est terminée, elle pense que ça va aller.

Elle m'assure qu'elle m'appellera demain, que notre amitié compte beaucoup pour elle, qu'on pourra se parler quand elle sera reposée. Nicolas, l'infirmier, reste à son chevet. Il me promet de faire attention à mon amie. Je l'embrasse et je raccroche. Apaisée, je pose le téléphone à côté de moi et je m'allonge sur le lit.

Liane

Extrait d'un texte de Liane, retrouvé dans son ordinateur.

Pendant les nombreuses années de mon enfer, je n'ai jamais été frappée. J'aurais bien aimé, pourtant. J'aurais aimé prendre des coups, avoir des bleus et des plaies.

J'aurais aimé avoir des blessures pour pouvoir les montrer au monde en disant, en hurlant : « Regardez ce que je vis ! » Ça n'a pas été le cas. Je n'ai été blessée qu'à l'âme.

J'ai entendu à mon égard des propos dégradants, me rabaissant et m'humiliant. Les brimades visaient mon être en entier : mon corps, mon style vestimentaire, mais aussi mes pensées, ma philosophie de vie et mes sentiments. J'ai été écartée par mes pseudo-amis, tenue à l'écart pendant les récréations et les groupes qu'il fallait parfois former en classe ou en sport. Ostracisme, que ça s'appelle – mais je ne connaissais pas encore le mot à ce moment-là. Je me rappelle encore les regards dégoûtés, les silences pesants, les sourires moqueurs.

C'était tous les jours. Toutes les heures. Et ça a commencé sans raison. À l'époque, je n'étais qu'une élève de sixième parmi d'autres. J'étais juste première de la classe. Est-ce un motif suffisant pour faire subir à quelqu'un un tel calvaire ?

Feignant l'indifférence au début, j'ai voulu protester lorsque la révolte a soulevé mon cœur. Je n'ai pas pu. À force d'être critiquée à chaque parole, j'avais perdu la faculté d'exprimer ce que je ressentais. J'étais comme bâillonnée, je ne pouvais plus communiquer. Mon silence aussi a été critiqué. J'étais terrifiée. Les témoins, élèves ou profs, n'ont rien dit, rien fait. Ils attendaient peut-être que je me défende par moi-même. Sauf que je ne pouvais pas, alors j'ai tout encaissé. Seule.

Je me haïssais. Parce que je pensais qu'ils avaient raison, que j'étais laide, nulle, lamentable, insignifiante, une sous-merde. Que c'était ma faute et que je méritais qu'on me traite de la sorte. J'ai commencé à me mutiler. Par honte, par dégoût, par colère. Je ne dormais plus. Je n'arrivais pas à faire taire ces voix dans ma tête ; les paroles meurtrières de Célia sous mon crâne, encore et encore, sans me laisser de répit. J'ai eu envie de disparaître, et j'ai essayé de me tuer. Ne pas réussir, ça n'a rendu mon existence que plus douloureuse encore.

Cela a été les pires années de ma vie. Des années de souffrances, de silence et de solitude. Puis, grâce à mes choix d'études, le harcèlement a stoppé, aussi brutalement qu'il avait commencé. J'ai enfin réussi à me défaire de mon mutisme et j'ai pu demander de l'aide. CPE, proviseurs, infirmières, assistantes sociales, médecins, policiers, tous ont nié l'évidence, camouflant mon vécu sous la révoltante dénomination de « gamineries ». Jamais je ne me suis sentie aussi désespérément incomprise et abandonnée.

Et aujourd'hui ?

Aujourd'hui, je suis suivie de près par des psys pour dépression, phobie scolaire et stress post-traumatique. Je passe le plus clair de mon temps dans mon lit, souvent en pleurs. Je ne peux toujours pas dormir sans faire de cauchemars, et je n'arrive toujours pas à faire sortir la voix de Célia de ma tête. Mon appartement est à l'image de mon cerveau : un désordre le plus total.

Ce que je vous raconte, ce n'est pas une histoire qui finit en happy end. Mais je ne vous écris pas pour me faire plaindre. Je voudrais simplement faire passer un message à ceux qui me liront : la parole est sans doute l'une des choses les puissantes de ce monde. Je l'affirme haut et fort : les mots peuvent tuer.

Pour autant, aujourd'hui, je suis encore en vie. J'ai quelques personnes sur qui compter, et je ne suis plus toute seule. J'arrive à parler quand ça ne va pas, et j'ai arrêté de me faire du mal. Je ne vais pas bien, mais je vais déjà un peu mieux.

Avec le temps et le recul, j'ai appris quelque chose. Les mots peuvent guérir, aussi.

Louise

On dit que les sœurs jumelles développent un lien très particulier. Qu'en est-il des enfants nés d'un même prélèvement in vitro ? Deux personnes au physique identique, issues d'un prélèvement unique, pourraient-elles développer des liens psychiques plus étroits ?

Le lendemain matin, je me réveille vers 6 heures. La nuit est claire, mais le jour n'est pas encore levé. Je m'apprête à boire mon thé au jasmin lorsque, pour la première fois, l'idée me vient d'imaginer ce que j'aurais fait, moi, si j'avais été harcelée. Je suppose que j'aurais commencé par me battre… Ou essayer d'aller en justice.

Oui, mais ensuite ? Si dénoncer ce qu'il s'était passé n'avait servi à rien ? Si j'avais été trop jeune pour savoir me défendre ? Je me dis que j'aurais sûrement aimé disparaître. Mais pas forcément de façon définitive. Serait-il possible que ma sœur ait pu penser comme moi ? Dans un flash, je revois son corps allongé à la morgue.

J'ajoute du lait dans mon thé. Pendant plusieurs minutes, je regarde les volutes qui se créent sur la surface sombre. Je sais que ma sœur a suivi des études en forensique. Elle connaissait ces choses-là. Mais comment douter encore, alors que je l'ai vue, que je l'ai touchée ? Et qu'elle était froide comme la mort ?

Mais justement, me répond ma petite voix. *Elle ne paraissait pas du tout abîmée, la première fois que tu l'as vue.*

Les volutes de lait commencent à se dissoudre dans le thé.

Tu délires, ma pauvre fille, objecte mon autre petite voix. *Et pas seulement à cause du manque de sommeil. En fait, tu t'accrocherais à la moindre idée pour avoir moins mal.*

C'est vrai. La voix a raison. D'ailleurs, l'odeur de Liane sur ses vêtements s'est presque effacée, comme s'il était temps pour moi d'accepter ce départ.

Je me dis que Liane n'a pas été la première à se trouver dans une situation sans issue. J'essaie de l'imaginer, croisant chaque jour ce Valentin, libre, dans sa rue. Je pense que j'aurais aimé traquer ce garçon, lui faire vivre un danger permanent. Lui faire ressentir ce que vit un rat piégé dans un labyrinthe. Et pourtant, pour avancer, je n'ai pas d'autre choix que de pardonner.

Existe-t-il des entreprises qui permettent de disparaître ? Peut-on payer pour ce service ? Par acquit de conscience, je jette un coup d'œil sur le web depuis mon téléphone. Et bien sûr, je ne trouve rien. De toute façon, il est impossible de contourner une autopsie après un suicide, je le sais.

Alors je me remémore ce dernier moment où je l'ai vue sur ce lit de métal. Je revois l'aspect doux de sa peau froide. J'ai envie de rêver que ce soit possible, que Liane soit là, quelque part. Je l'imagine, enfuie et loin de France, rédigeant de jolis poèmes sur sa table de bois. J'ai envie d'y croire, vraiment. De la faire revenir. Mentalement, j'imagine le bruit de son stylo sur le papier, la brise légère du vent autour d'elle. Et j'aime bien l'idée. Je l'aime tellement. Mais je sais que trop rêver ne mène qu'à la folie.

Je me rappelle le bruit de nos respirations lorsqu'on s'endormait l'une à côté de l'autre à Paris, il y a quelques mois à peine. Je pense à ce Valentin, à cette Célia, qui lui ont fait tant de mal. Alors, instinctivement, je m'allonge sur le sol et me recroqueville. J'y reste longtemps, prostrée, en silence. Puis je pousse un long râle.

Je relève la tête. La lune est pleine, mais on la distingue à peine dans le jour qui se lève. J'aurais tant aimé garder espoir. Mais je doute de plus en plus qu'il y ait un secret à découvrir. Et l'accepter, c'est comme avoir une lame de rasoir dans la gorge.

Liane

Poème de Liane, retrouvé dans son ordinateur.

Bien sûr que c'est agréable d'être entourée par les personnes qui te sont chères. De pouvoir leur parler, se livrer, être aimée.

Mais il faut avoir conscience qu'elles ne définissent pas qui tu es. Ce que tu es.

Tu es un oiseau.
Et tu sais voler.
Même sans eux.

VII

ESPOIR

Liane

J'avais douze ans lorsque j'ai pensé à m'enfuir pour la première fois. L'idée m'est venue un matin de décembre, en parlant avec Raphaël. Mon ami venait de voir une émission sur ARTE, un reportage sur le Japon particulièrement intéressant. Il affirmait qu'au Japon disparaître du jour au lendemain pour fuir le stress social est courant.

Dès la semaine suivante, j'écrivis les étapes de mon plan au crayon dans un carnet. Ensuite, je mémorisai les feuillets, puis les brûlai avec un briquet au fond du jardin familial.

Bien sûr, à cet âge-là, j'étais bien incapable de me lancer dans une telle aventure, mais j'y songeais souvent. Je m'imaginais aller au collège comme d'habitude, sauf qu'au lieu de retrouver cette Célia et de subir ses moqueries je partais vers l'étranger. Évidemment, je n'y croyais pas vraiment. Je savais que c'était impossible, mais ça me faisait tenir. Je me sentais presque libre, ainsi.

L'idée est réapparue bien plus tard. Je venais de fêter mes dix-neuf ans lorsque j'ai emménagé rue de la Colombette à Toulouse. Sans le savoir, je m'étais installée dans le quartier de mon bourreau. Avec horreur, j'ai commencé à recroiser Valentin dans ma rue, quasiment chaque jour. Le harceleur de mes jeunes années. Lui non plus ne m'avait pas oubliée.

J'ignore si c'était le fruit de mon imagination, ou s'il s'amusait à me frôler par cruauté, tel un chat qui joue avec une souris. Je manquais de défaillir chaque fois qu'il apparaissait au bout de la rue. Son sourire complice me vrillait les tripes. Je me détestais.

Il m'était insupportable de voir passer sur Facebook les photos de Célia faisant la fête à Ibiza l'été. Je n'en pouvais plus des clichés joyeux de tous ces collégiens qui s'étaient tus alors qu'ils savaient tout. Ils ne méritaient pas d'être heureux à ce point. Ils ne pouvaient pas l'être, pas après avoir été complices de ça.

Il m'était impossible de continuer. C'était au-dessus de mes forces. Une dernière fois, j'ai tenté d'aller voir la police : ils ne m'ont pas crue. « Manque de preuves, absence d'évidences. » J'ai perdu espoir.

Alors j'ai considéré le suicide. Ne me jugez pas. Après quelques jours, on s'approprie l'idée, et elle paraît moins effrayante. Pourtant, mon instinct me murmurait que ce n'était pas cela, la solution. C'est alors que je me suis souvenue du plan de mon enfance. Et j'ai recommencé à planifier, comme avant. Sauf que cette fois j'avais grandi.

En fait, ça a été bien plus facile que prévu. À dix-neuf ans, on a plus de cartes dans sa manche qu'à douze. Je pouvais faire des recherches en brouillant mon adresse IP. Je connaissais sur le bout des doigts les procédures policières après un suicide. J'avais acquis des connaissances pointues en chimie. J'étais convaincue que personne ne viendrait m'aider, mais j'ai eu une idée.

Je me suis rendue au centre de femmes, le CIDFF de Toulouse. J'étais vraiment désespérée. Sincèrement, je n'ai pas eu besoin de beaucoup en rajouter. Je leur ai déroulé mon parcours. Le harcèlement, les agressions de la bande de Valentin, la phobie scolaire, les cours de chimie étudiés chez moi dans la pénombre, seule, pendant des années, à cause de cette phobie. Je leur ai raconté ma peur, les baisers forcés, les attouchements et les menaces. J'étais consciente que ces femmes ne pourraient pas m'aider directement. Mais je savais aussi qu'elles auraient forcément des contacts à me donner. C'est comme cela que j'ai eu le numéro de Monique. Sans elle, rien n'aurait été possible.

Monique a orchestré la fuite de nombreuses femmes battues hors de France. Elle travaille « hors circuit », comme elle le dit. C'est pour cela que l'association a déjà eu recours à elle, mais c'est du off. La loi est limitée, néanmoins, pour une bonne action, beaucoup de gens honnêtes sont capables de fermer les yeux. Avec Monique, rien n'est vraiment légal, rien n'est jamais officiel. Mais c'est terriblement efficace.

J'ai hésité à lui faire confiance, au début. Malgré tout ça. Car il ne s'agissait pas non plus de tomber entre les mains d'un réseau de prostitution ou d'une personne mal intentionnée. Mais au fond, avais-je le choix ? Après trois rendez-vous informels, chaque fois dans des lieux publics, j'ai pris ma décision. J'en étais. Et c'est là que le vrai travail a commencé. Monique m'a demandé où je voulais partir et j'ai répondu la première chose qui m'est venue à l'esprit :

— Au Japon ?

Je repensais à cette émission sur les Japonais qui disparaissent du jour au lendemain pour fuir leur travail, leur vie de famille oppressante… Elle a hoché la tête.

— D'accord, comme tu veux.

Monique est ce qu'on pourrait appeler « un passeur ». Contre du cash, elle pouvait me trouver un passeport, un lieu pour vivre, avec un travail discret « pour débuter ».

— Pour le reste, tu devras te débrouiller seule, jeune fille.

Il m'a fallu trois ans. Trois ans d'efforts et de silence. Trois ans pour rassembler les informations pratiques pour vivre sur place et apprendre la langue de mon pays d'accueil. Et surtout, il ne fallait pas craquer chaque fois que je tombais sur Valentin.

Les derniers mois n'ont pas été faciles. Valentin est devenu plus menaçant. Comme s'il avait senti que quelque chose allait changer, ses attaques se sont faites plus sournoises. Quand il me croisait en centre-ville, il allait jusqu'à me frôler en plein jour, sur le trottoir, en prenant l'air d'un passant. Je vous épargne les détails de ce qui est arrivé en janvier dernier, qui ont été traumatisants.

L'argent a été le plus compliqué à trouver. Entre le cachet de Monique, le coût du voyage vers le Japon, les faux papiers, le budget à prévoir pour mon installation... J'ai choisi d'arrêter d'aller en cours et d'enchaîner les petits boulots, toujours payés en liquide.

Chaque jour, je traversais la ville pour aller donner des cours de chimie à des enfants de riches. Le bouche-à-oreille a fonctionné. Faux nom, vêtements différents, posture différente : je faisais au mieux pour être sûre qu'ils ne pourraient pas me reconnaître, si un jour on faisait des recherches sur moi. En théorie, ça n'arriverait pas. Mais tout devait être prêt dans les moindres détails. Il n'y aurait pas de seconde chance.

Liane

Extrait d'une nouvelle de Liane, retrouvée dans son ordinateur.

Elle était là, heureuse, sur cette plate-forme qu'est l'enfance, laissant le vent s'approprier ses cheveux.

Un faux pas. Un seul. Et elle se retrouvait accrochée du bout des doigts au filin qui avait bâti son existence.

Suspendue au-dessus de la Mort. Accrochée à une infime prise, un dernier espoir.

Pourtant, elle y est remontée, sur ce fil de vie. Sans cesse tourmentée par la douleur, parfois par le doute, mais toujours guidée par cet espoir lumineux.

Elle était fatiguée, n'aspirant qu'à une seule chose : se reposer. Elle a continué d'avancer. Toujours. La fatigue est partie, remplacée par le bonheur de marcher sur le fil de son existence.

À présent, elle avance. Sur sa voie. Et elle sait que, si par malheur elle tombe, elle se relèvera. Cette certitude pulse en elle comme un formidable élan de vie.

Liane

Trois ans auparavant, j'ai commencé à donner des cours de soutien.

À raison de trois leçons par jour en semaine, du lundi au vendredi, niveau prépa et payées 55 euros de l'heure, je me suis vite constitué un pactole.

En général, je dispensais les cours directement dans le café devant la prépa, sur les heures de « trou » entre deux classes, ou bien très tôt avant la journée scolaire de mes étudiants. Résultat : chaque jour, à partir de midi, j'étais disponible pour peaufiner tous les détails de mon plan. Et je dois dire qu'il m'a donné du fil à retordre.

D'abord, l'autopsie. C'est une obligation légale après un suicide : aucun moyen d'y couper. Sur le long terme, il est bien plus efficace de simuler un suicide que de simplement disparaître. Cela permet d'éviter les recherches, de ne pas avoir à se cacher. Mais cela exige aussi une sacrée préparation.

Je connais Philippe depuis mes quinze ans, c'est lui qui m'a donné envie d'étudier la forensique. J'ai d'abord rencontré son frère dans un salon pour l'emploi, et c'est celui-ci qui me l'a présenté. Philippe travaille à la morgue de Toulouse depuis des années, il était le mieux placé pour me donner le coup de pouce dont j'avais besoin. Bien sûr, lui demander de l'aide, ça voulait dire le mettre dans la confidence. J'avais peur qu'il me dénonce, ou qu'il refuse. Et puis, avec Monique, on avait dit : personne ne doit savoir. Pas d'amis, pas de famille, personne. Car en parler, c'est le meilleur moyen de rater sa fuite.

J'ai réfléchi. J'ai réfléchi longtemps. J'ai tout envisagé. Et il a fallu se rendre à l'évidence : il n'y avait aucune autre option. Un matin de novembre, j'ai donné rendez-vous à Philippe. Sans surprise, lorsque je lui ai décrit mon « projet », il a refusé. Alors j'ai joué directement la seule carte que j'avais à abattre : je lui ai montré les lignes rouges sur mes poignets. Et je l'ai regardé dans le blanc des yeux.

— Je n'en peux plus, Philippe. Vraiment. Je suis à deux doigts de craquer. Tu me retrouves demain sur ta table pour une vraie autopsie, si tu ne m'aides pas.

J'ai repris ma respiration.

— Tu sais que c'est vrai. C'est très probablement toi qui te chargeras de mon corps, puisque tu es de garde cette semaine…

J'ignore ce qu'il a pensé à cet instant-là. Peut-être à ses enfants, peut-être au moment où il ouvrirait mon torse nu avec son bistouri. Il a tout de même protesté pour la forme. Longuement, il m'a rappelé qu'il pourrait être licencié pour faute grave, et même faire de la prison. Mais en quittant le café j'avais le sourire. Il avait dit oui.

— Pas un mot à cette Monique, m'a-t-il dit. Mon nom, mon implication, tout doit rester confidentiel.

J'ai acquiescé.

— Pas de problème. Les secrets, je commence à avoir l'habitude.

J'avoue que quelques fois j'ai paniqué. Le suivi psychiatrique du Dr Larrey m'a aidée à comprendre que j'avais développé de sérieux troubles psychologiques. Des troubles profonds, ancrés. Il m'a proposé de me faire interner. Ce jour-là, je me suis demandé à quel point j'étais réellement malade.

À partir de ce moment, je suis allée au centre régulièrement. Au début c'était pour faire « plus vrai », mais rapidement les équipes locales m'ont vraiment soutenue. Je me sentais tellement seule, tellement fragile. Sur le fil du rasoir. Un harcèlement scolaire violent, vécu si jeune, cela laisse des cicatrices à vie.

Deux ans auparavant, j'ai commencé à me teindre les cheveux. Une teinte plus foncée chaque trimestre, très progressivement. De mon châtain clair naturel, je suis passée à un beau brun soutenu. J'ai arrêté de me maquiller. Je ne portais plus que des vêtements amples, les vieux vêtements de ma sœur. Utiliser les affaires des autres, c'est déjà être un caméléon. Les habits que j'aime – mon vrai style – seront réservés pour ma nouvelle vie. J'ai commencé à prendre du poids… Beaucoup.

L'idée était de ne pas me déguiser une fois arrivée sur place. Mais plutôt de me déguiser avant de partir. J'aurais tout le temps d'être moi-même ensuite, si mon plan réussissait.

Un an avant, j'ai peu à peu annoncé à la ronde mon projet d'études en Suisse. Je l'ai rappelé à mon entourage régulièrement. Je me suis demandé si mes sœurs allaient remarquer mon revirement. Il m'a semblé que non.

Un mois avant, je me suis rendue à l'étang de mon enfance, la nuit, pour dire un dernier adieu à ce lieu familier que je ne devrais jamais plus revoir. Au bord de l'étang, les pieds dans l'herbe, j'ai écouté les bruits nocturnes, celui des roseaux, celui des grenouilles qu'on a si souvent essayé de pêcher avec Raphaël. C'était un adieu symbolique, un adieu à mon passé.

Trois semaines avant, j'ai pris un café avec Philippe sur la place du Capitole. De toutes mes affaires, j'ai choisi de ne rien emporter. J'ai tout laissé derrière moi. J'ai simplement offert mon porte-clés à Philippe, en souvenir. On avait dit pas d'objets personnels, mais malgré tout nous nous étions attachés, avec le temps. Il m'a souhaité bonne chance. On savait tous les deux qu'on ne se reverrait plus avant le jour J.

Deux semaines avant, j'ai profité d'un ultime déjeuner avec mes deux sœurs. Louise m'a reparlé de sa carte d'identité égarée, elle ne s'est pas doutée une seconde que je la lui avais empruntée. On a un visage similaire... Une pièce d'identité en plus ne pourrait que me servir durant mon périple.

Trois jours avant, je suis allée manger au salon de thé avec ma mère et j'ai accepté l'invitation au bowling de mon père. L'idée de ne plus jamais recroiser Valentin me faisait tenir. Pourtant, j'avais la gorge serrée en quittant mes parents pour la dernière fois. Je leur ai à peine dit au revoir.

Au moment de le faire, par contre, j'ai failli flancher. J'avais calculé la quantité exacte de somnifères à ingurgiter, pour mon poids, ma taille, mes données génétiques. Mais c'était du sans-filet.

Et Monique ne voulait pas m'aider pour cela.

— C'est toi Miss Forensique, tu es chimiste, je te fais confiance.

À mon avis, elle n'en menait pas large non plus. Elle ne voulait pas se retrouver avec un vrai cadavre sur les bras.

Le matin du jour J, tout était prêt.

Je savais qu'au bout de quarante-huit heures sans réponse Maeva appellerait les pompiers. J'avais vérifié de nouveau les dosages pour m'endormir, rassemblé tous les somnifères. Philippe, le légiste, était prêt à réagir. Il avait pour consigne d'attendre l'appel des pompiers, d'arriver presque aussitôt et de déclarer immédiatement la mort supposée. Je comptais aussi sur lui pour empêcher ma famille de voir mon corps, puis m'escorter jusqu'à la morgue. C'était serré. Il fallait un dosage suffisamment fort pour duper les pompiers, pour les empêcher de voir que le cœur battait encore, même faiblement. Surtout, ne pas être envoyée en réanimation. La mise en scène et la confusion devaient jouer en ma faveur.

Liane

Extrait d'un texte de Liane, retrouvé dans son ordinateur.

Beaucoup de personnes ont déjà entendu le mot « fraternité ». Mais savent-elles ce que ce mot, ce simple mot, représente ?

Je me sens partir. Des sensations jamais perçues auparavant envahissent mon corps et saisissent mon esprit. Je me sens partir au loin.

Je m'imagine assise sur le rebord d'une fenêtre et je lève les yeux vers les étoiles. C'est vers elles que mon âme s'élève en ce soir de printemps. L'ombre d'un sourire passe sur mon visage, et, pourtant, des gouttes salées roulent sur mes joues glacées. *Est-ce cela, revivre ?*

Sur le rebord de ma fenêtre imaginaire, je me tiens assise, les jambes repliées contre ma poitrine. Je viens de passer les instants les plus éprouvants de mon existence. Tandis que mes larmes se tarissent, je souris à la Lune. *Est-ce cela, se confier ?*

Pour la première fois depuis longtemps, j'observe immobile le ciel nocturne. Il ne sera plus jamais pareil. Si les traces de mes larmes s'effacent petit à petit sur mes joues, le ciel, lui, s'en souviendra. Mon sourire restera gravé dans le cœur des étoiles.

Et, un jour, alors que je regarderai ces astres briller depuis un instant sombre de mon existence, les étoiles me rappelleront ce moment de bonheur que je traverse ce soir. D'un œil complice, je les remercie. *Est-ce cela, être heureuse ?*

Liane

Je dois vous avouer que je me suis réveillée avec un sacré mal de crâne. Il faisait nuit noire, j'étais allongée sur une table de métal. Lorsque je me suis redressée, j'ai vu que Philippe était là, et lui aussi a eu l'air soulagé.

— Ben dis donc, tu ne bougeais vraiment plus, a-t-il murmuré.

Je crois même qu'il a été soufflé par mon audace. Mais il n'en a rien dit. Il a simplement ajouté :

— Ta famille vient voir le corps dans quatre jours.

Je me suis assise sur le bord de la table, les jambes dans le vide. Il m'a montré le rapport d'autopsie qu'il avait rédigé. C'était réaliste. Très.

Il fallait que je tienne quatre jours dans cette morgue. Je me suis planquée dans le grand placard de la salle de repos, sur un vieux matelas. J'ai regardé des séries sur l'ordi de Philippe, dans l'obscurité. J'ai essayé de ne pas penser à toutes les femmes harcelées qui avaient fini ici. Réellement, elles. J'étais entourée de vrais cadavres.

Le quatrième jour, Philippe m'a réveillée en pleine nuit. Il était 4 heures du matin. Derrière les portes closes, je me suis mise nue, et il m'a frictionnée de formol. Il est passé sur tout le corps, mais du fait de ses gants en latex bleu et de son attitude professionnelle je ne me suis pas sentie mal à l'aise. Après, il m'a maquillée. Pas comme une pop-star. Les maquilleurs des morgues évitent la brillance, ils cachent plutôt les bleus. Ils utilisent des produits qui tachent, qui couvrent, qui ne sont pas faits pour être enlevés. Par habitude, il a gardé ses gants aussi pour la partie maquillage. Ça m'a fait bizarre.

À la fin, je me suis allongée sur la table de métal. Seulement vêtue d'un linceul, j'ai avalé des somnifères et un paralysant. Juste avant de m'endormir, je me suis demandé si je pouvais vraiment faire confiance à Philippe et si je le connaissais si bien que cela. La réponse était non.

Sur le métal froid, l'horreur de la situation m'a fait saisir que tout pouvait possiblement s'arrêter. Je voulais tellement m'enfuir de cet environnement toxique. Je le voulais vraiment. Mais plus que tout je voulais m'en sortir vivante. À 5 heures du matin, j'étais endormie et refroidie, étendue au milieu des autres corps.

Le soleil était déjà haut lorsque je me suis réveillée. C'était fini. J'ai pu me laver, enfiler des vêtements chauds. Mon rôle était terminé.

Fort heureusement, pour la scène finale du cercueil, on avait choisi d'utiliser un mannequin. Il avait coûté une fortune, presque un an de mes cours de chimie y sont passés. Mais il n'était pas question de me laisser enfermer dans une boîte et d'être mise en terre. Cela, je n'aurais jamais pu. J'avoue que j'ai eu un choc en voyant le mannequin. Les paupières en dedans, les épaules raides, c'était tellement réaliste. La boîte en Bretagne avait vraiment bien bossé.

Pour ma part, j'ai encore attendu dans le placard jusqu'à 23 heures. Et j'ai finalement entendu le moteur discret de Monique depuis le parking. Elle était venue me chercher.

Bizarrement, ce n'est qu'après mon départ, dans le car qui traversait l'Allemagne, que je me suis aperçue que Maeva pourrait très bien se suicider aussi. Pour de vrai, elle. Et que je ne me le pardonnerais jamais. Pire encore, j'ai compris qu'elle pourrait le faire et que je ne le saurais pas. Ou bien, longtemps après.

J'ai tenu six mois. Et puis j'ai craqué. J'ai téléphoné à Philippe pour vérifier que Maeva allait bien.

Il y a eu un blanc, puis il m'a engueulée comme une patate pourrie en entendant ma voix. Il m'a traitée d'irresponsable. En fait, il était clairement paniqué. Mais il comprenait, je suppose. Je l'ai imploré de le faire, rien qu'une fois, de le faire pour moi. D'aller voir Maeva. De la rencontrer sous un prétexte bidon, de lui parler. Juste cette fois. Juste pour être sûre. J'ai supplié.

J'ai toujours su qu'on ne disparaît pas à deux. Cela ne marche jamais. Mais ce choix était tellement lourd à porter.

D'emblée, Philippe a refusé d'aller voir Maeva. Il a affirmé qu'il ne pouvait absolument pas se permettre de prendre un tel risque. Finalement, de guerre lasse, il a fini par accepter. Il m'a promis qu'il me joindrait à ce même numéro le lendemain, uniquement si Maeva avait un gros problème. Que, sinon, il ne me rappellerait jamais. J'ai attendu toute la journée. J'ai pleuré toutes les larmes de mon corps, devant ce téléphone. Mais il n'a pas rappelé. À minuit, j'ai jeté le téléphone prépayé. J'ignore si Philippe est vraiment allé voir Maeva. C'est la dernière fois que j'ai eu de ses nouvelles.

Jamais plus je n'ai cherché à contacter Maeva. Trop dangereux. J'ai dû abandonner tout ce qui était ma vie. Mon grand amour, ma famille, ma ville. Mon pays.

Une page blanche s'ouvrait devant moi. Mais quoi de mieux pour un futur écrivain…

Assise dans mon kimono bleu, je m'apprête à présent à prendre un nouveau départ. La nuit est fraîche, ce soir. Un frisson me traverse. Je lève la tête, et un rayon de lumière s'accroche sur mes cheveux châtains. Là-haut, la lune est toute ronde, toute rousse. Elle brille fort dans le ciel. Je lui souris. Après tout, je n'ai que vingt et un ans.

Postface

La fin de ce livre est un rêve que j'aurais préféré réalité. Un espoir, pour elle et pour nous. Mais en vérité, comme de nombreux adolescents avant elle, Liane n'a pas réussi à s'en sortir. Liane, c'est le prénom que j'ai donné à ma sœur Diane dans ce roman.

Le 4 mai 2016, ma petite sœur met fin à ses jours dans son appartement de Toulouse. Quarante-huit heures plus tard, Maeva* donne l'alerte, les pompiers retrouvent Diane sans vie et mon père m'appelle ; je rentre alors en catastrophe de Singapour. Il est malheureusement trop tard pour la sauver.

En fouillant dans le duplex de Diane, j'ai retrouvé ses documents de préparation pour son évasion vers le Japon. Ébahie, j'ai constaté qu'elle s'était renseignée pour une installation sur place, qu'elle avait élaboré un budget, réfléchi au lieu où elle irait habiter. Je me suis

* Les prénoms suivis d'un astérisque (*) sont des pseudonymes afin de préserver l'anonymat de ces personnes.

alors souvenue du plan de son enfance, lorsque ma sœur affirmait qu'un jour, elle partirait pour ce pays.

En remontant le fil, j'ai compris qu'elle avait repris cette idée une fois adulte. Qu'elle avait préparé son départ, étudié le japonais, rassemblé de l'argent en donnant des cours de soutien. J'ai eu mal au cœur en fouillant dans sa boîte mail, en découvrant que l'un de ses harceleurs avait emménagé dans son quartier et que, quatre mois avant sa mort, elle avait probablement subi une agression sexuelle en pleine rue. Qui était cet agresseur ? Un ancien élève de son lycée ? Je n'ai pas réussi à le savoir.

Dans ses écrits, ma sœur indique que, après cette « agression de janvier », elle perd espoir et n'a plus le courage de porter plainte. Qu'après deux plaintes classées sans suite elle n'a plus confiance dans la justice pour la protéger.

Curieusement, les semaines suivantes, elle semble continuer à travailler activement à un départ vers l'étranger. J'ai alors compris le sens des questions ultra-précises qu'elle m'avait posées lors de nos derniers échanges, au sujet des comptes bancaires en Asie et sur l'utilisation des *traveller's cheques*.

J'ai ensuite découvert qu'en avril 2016, dix jours avant son décès, ma sœur avait été à nouveau agressée près de chez elle, au beau milieu de la rue de la Colombette à Toulouse. Elle prend alors rendez-vous en urgence chez un sexologue spécialisé dans l'accompagnement des victimes de viols mais elle n'y va pas, du fait de sa phobie. Diane reprogramme alors un second rendez-vous auquel cette fois elle se rend. Le médecin, avec qui j'ai pu échanger au cours de mon enquête, m'a décrit ma sœur comme une femme courageuse mais blessée, et profondément choquée.

C'est après cet événement, quelques jours avant le mois de mai, qu'elle semble perdre pied. Diane entame alors un nouveau cahier qu'elle intitule son « Carnet de bord des derniers jours ». C'est là qu'elle commence la préparation de son geste final.

Aujourd'hui, il m'arrive encore de m'interroger. Aurait-elle eu une chance de s'enfuir vers le Japon ? « Oui, c'est possible », m'ont affirmé certains médecins. « Non, elle n'avait aucune chance, avec ses troubles borderline », a indiqué le Dr Larrey*.

Pendant l'enterrement, j'ai cru reconnaître le médecin légiste, l'homme que ma sœur m'avait décrit comme grand, bienveillant et au sourire doux. Il fut l'un des premiers à l'initier aux sciences forensiques, et c'est lui qui lui a inspiré ses études en criminalistique. J'avoue avoir hésité à aller lui parler, mais je n'ai pas osé. Aujourd'hui, j'ignore ce que cet homme est devenu. Mais je sais que ma sœur avait trouvé en lui un soutien et un ami.

Un an après le décès de Diane, j'ai quitté Singapour. James* et moi avons déménagé à Copenhague, où j'ai entamé la rédaction de cet ouvrage. Un livre à la fin positive, qui inclut trois textes d'invention (*Liane* en italique, en partie 7), pour faire honneur à la combativité de ma sœur. J'ai écrit ce livre pour elle, mais aussi et surtout pour redonner la parole aux victimes qui font aujourd'hui face au harcèlement scolaire. Trop d'adolescents disparaissent sans bruit, ou souffrent en silence de troubles liés au harcèlement et au cyberharcèlement. Alors, face à l'ampleur du phénomène, je souhaite prendre la parole et ouvrir le dialogue.

C'est avec cette intention première que *Le Livre de Liane* existe. C'est un support conçu pour ouvrir les discussions :

En prêtant ce livre à vos ados,
En en discutant avec vos frères et sœurs,
En racontant l'histoire de Diane à vos étudiants,
En partageant cette histoire autour de vous,

Et parce que, contre le harcèlement scolaire, la seule véritable solution est de s'unir et de faire front.

C'est le pouvoir qu'a aujourd'hui l'histoire de ma sœur. J'espère qu'elle vous a permis de mieux comprendre les rouages du harcèlement scolaire, et ainsi d'avoir plus de clés pour protéger celles et ceux que vous chérissez.

À présent, j'aimerais conclure sur les mots de ma sœur. Avec sa lettre d'adieu, celle qu'elle nous a laissée et que je vous partage à mon tour. En souhaitant que, par notre ouvrage, nous contribuions à ce que plus jamais une autre famille ne traverse ce que nous avons vécu.

Agathe Lemaitre

Diane

Lettre d'adieu à la famille, retrouvée près du corps par les sapeurs-pompiers de Toulouse. Diane avait vingt et un ans.

C'est bête, j'ai toujours cru que je saurais quoi écrire, le moment venu. Et à présent, je me retrouve face à une page blanche. Je ne trouve pas les mots. Cela va peut-être vous paraître commun, ce que je vais vous dire. Il faut croire qu'au moment de notre mort on pense tous à la même chose. Mais bon, c'est quand même sincère, vous savez.

J'ai tout fait pour arrêter cela, ce long processus qui m'amènera à mon acte prochain. Croyez-moi, j'ai fait tout ce que j'étais capable de faire. Je n'ai jamais voulu mourir. Jamais. J'ai cherché à arrêter de souffrir, justement parce que j'avais tellement envie de vivre… Sauf que je suis arrivée au point de rupture. On a tous un seuil de douleur supportable, vous savez. Et j'ai dépassé le mien il y a longtemps déjà.

Croyez-moi lorsque je vous dis que j'ai cherché à aller mieux. Mais cette fille m'a détruite. Je ne suis que ruines. Une façade, une femme qui fait semblant. Il faut se rendre à l'évidence : il n'y a, et il n'y aura plus jamais rien derrière mon sourire. Je suis morte depuis longtemps.

Alors, quelques mots.

Papa, maman, je vous aime. Malgré toutes ces incompréhensions. Plus que tout, je crois que c'est la communication qui nous a fait défaut. Mais au fond, il n'y a qu'une chose qui compte : je vous aime.

Agathe, Sophie*, je n'aurais pas pu rêver mieux comme grandes sœurs. Vous êtes géniales. Il n'y a aucun mot qui peut traduire à quel point je tiens à vous.

Raphaël*, tu m'étais parfait. Même si nous nous sommes déchirés, tu as éclairé mon quotidien pendant plus de dix ans. Cela, je ne l'oublie pas. Tu as été mon meilleur ami.

Maeva*, tu es une personne en or. C'est grâce à toi que j'ai pu tenir aussi longtemps.

À vous, aux autres, à tous ceux pour lesquels j'étais importante, si j'ai une dernière volonté, c'est que vous vous en remettiez. J'espère que vous me pardonnerez un jour mes erreurs, mes mensonges. Que vous me pardonnerez de vous avoir fait subir une telle chose. Profitez de cette vie tant que vous le pouvez encore.

Ne m'oubliez pas, mais oubliez votre chagrin. Pensez à sourire. Ce à quoi je renonce aujourd'hui, j'aimerais tant que vous puissiez le vivre. Ne faites pas comme moi, gardez-vous des chemins sombres. Vivez pleinement, je vous en supplie. Rien n'est plus incertain que ce qui m'attend, mais si je le peux, je veillerai sur vous. Je suis tellement désolée. J'aurais aimé que cela finisse autrement.

À tous, je vous souhaite bonne route. Prenez soin de vous. Soyez heureux. Je vous Aime.

Diane Lemaitre

Le harcèlement scolaire en chiffres

700 000
Le nombre de victimes de harcèlement scolaire en France.

130 millions
Le nombre d'élèves âgés de treize à quinze ans victimes de harcèlement scolaire dans le monde.

1 sur 10
Le nombre d'élèves victimes de harcèlement en France.

1 sur 4
Le nombre d'adolescents harcelés déclarant avoir pensé au suicide.

Sources : UNICEF France, Atlasocio.com, 2020.

Ce livre a dès ses prémices bénéficié de beaucoup de bienveillance.

J'aimerais remercier, pour leurs conseils, les professionnels de l'édition qui m'ont guidée dans cette aventure : Elise Ducamp, Nicolas Kempf, Delphine Roinel, Flora Boffy-Prache, Jennifer Barbier, Marie Eugène, Chloé Marquet, Marie Lannurien et Lisa Mandel.

Pour leur accompagnement sur le sujet du harcèlement scolaire : Bertrand Gardette, Tiphaine Dugrand, Julien et Julie Estephe, Noémya Grohan, Laurent Boyer, Monica Durban et Nora Fraisse.

Pour leurs encouragements et leur soutien : Jean Pierre Idatte, Paul Rosenbaum, Marc Le Menestrel, Sarah Sauquet Leca, Natacha Andreani, Sabrina Ammad, Pierre Berville, Claude de Ribaupierre, Candace Nkoth Bisseck, Benjamin Montaignac, Yann Bigay, Mathilde Jouret, Marco Thiollier, Alexandre Desgué, Clémence Monvoisin et Babette Auvray-Pagnozzi.

Pour avoir passé un an à construire une réflexion autour du projet et de son format : les élèves de la Junior ESSEC, en particulier Timothée Berthaud et Marie Leloup.

Pour avoir apporté leur savoir-faire dans les domaines techniques : Bruno Modica, Catherine Verdier, Valentine Lagand, Sami Terki, Jasmine Touitou, Stéphanie Docher, Kevin Turby, Tom Frankson et Nina Ramen.

Pour l'incroyable campagne de communication Instagram : Aliona Michel.

Pour avoir soutenu la levée de fonds privés, qui m'a permis de sortir une version bêta de ce livre, j'aimerais remercier tous les contributeurs Ulule, et en particulier : Estella Chabasse, Jean-Christophe Frachet, Deborah Trémolière, Monika Poirson, Anitha Sok, Thomas Berthaud, Véronique Collet, Candy Mannarino, Clémence Le Bervet, Pierre et François Lemaitre, Gauthier Merlin, Joan Randal, Sara Tori, Fabienne Schnyder-Fournier, Céline Amiaux, Julie Canet, Aurore Veyrier, Aude Nyadanu, Alexis Conneau et Philippe Labrousse.

Pour avoir illustré certains des textes de Liane, qui seront imprimés au format carte postale, pour leur talent et leur sensibilité : Soledad Bravi, Bérénice Milon et Yiling Changues.

Enfin, pour avoir rencontré Diane quand elle était au lycée, pour l'avoir encouragée à ne jamais abandonner son rêve de devenir écrivain et pour son infinie gentillesse : Carole Martinez.

Rejoignez-nous dès aujourd'hui sur :

Instagram

AgatheEnParle

Facebook

Le livre de Liane : ensemble contre le harcèlement scolaire

Retrouvez tous les indices du livre sur :

lelivredeliane.com

Agathe Lemaitre soutient l'association Les Outsiders,
qui lutte contre le harcèlement scolaire.

Dans la même collection

Marie Aline, *Les Bouffeurs anonymes*

Louise Browaeys, *La Dislocation*

Louise Browaeys, *Fais battre ton tambour*

Agnès de Clairville, *La poupée qui fait oui*

Gringe, *Ensemble, on aboie en silence*

Émilie Guillaumin, *L'Embuscade*

Émilie Guillaumin, *Petites dents, grands crocs*

Carine Hazan, *jean-jacques*

Aurélie Jeannin, *Préférer l'hiver*

Aurélie Jeannin, *Les Bordes*

Anne de Kinkelin, *12 bis, avenue du Maréchal-Joffre*

Anne de Kinkelin, *La Sourde Oreille*

Nicolas Laquerrière, *Nueve Cuatro*

Nicolas Maleski, *La Science de l'esquive*

Nicolas Maleski, *La Force décuplée des perdants*

Sophie Pointurier, *La Femme périphérique*

Sophie Reungeot, *Le Bruit des avions*

Matthieu Seel, *Rien ne dure vraiment longtemps*

Frédérique Voruz, *Lalalangue (prenez et mangez-en tous)*

Composé et édité par HarperCollins France.

Achevé d'imprimer en février 2023.

CPi
FIRMIN-DIDOT

à Mesnil-sur-l'Estrée (Eure)

Dépôt légal : mars 2023.

Pour limiter l'empreinte environnementale de ses livres, HarperCollins France s'engage à n'utiliser que du papier fabriqué à partir de bois provenant de forêts gérées durablement et de manière responsable.

Imprimé en France